Sonya
ソーニャ文庫

義弟は私の泣き顔に欲情するヤバい男でした

秋桜ヒロロ

イースト・プレス

contents

プロローグ

世界で一番、綺麗なものを見た。

大きなエメラルド色の瞳から溢れたそれは、彼女の頬を伝い芝生の上に落ちる。
キラキラと宝石のように輝く感情の塊。
それを『涙』と呼ぶのだと思い出したときには、もう彼女は顔を覆っていた。
小さく震える彼女の身体。
指の隙間から漏れ聞こえてくる嗚咽《おえつ》。
これでもかとばかりに赤くなった耳。
それらすべてになぜか心臓が高鳴って、僕は思わず自身の胸に手を当てた。
そのままぎゅっとシャツを摑んでしまう。

「どうして泣いているの？」

僕がそう問えば、彼女は涙で濡れた声を絞り出した。

「アランが、なかない、から、でしょう？」

「僕が？　……ルイズは僕のために泣いているの？」

そう口に出した瞬間、なぜかどうしても彼女――ルイズの顔が見たくなった。

僕は正面で顔を覆うルイズに一歩近寄り、彼女の両手首を掴んだ。そして、その両手をゆっくりと優しく顔から引き剝がす。

そこにあったのは、ぐちゃぐちゃになった彼女の泣き顔だった。

寄せられた眉。目尻に溜まった涙。目元や鼻の頭は赤くなっており、先程まで嚙んでいたのか、唇にはわずかに血が滲《にじ》んでいる。

――あぁ……。

感嘆詞しか頭に思い浮かばなかったのは、それをどう形容すればいいのかわからなかったからだ。綺麗で、可愛くて、麗しくて、妙な色気も混じっている彼女のことを、どう褒め称えればいいのかわからなかったからだ。

「……見ないで」

「いやだ」

「見ないでよぉ」

ルイズはそう言ってまたしゃくり上げる。

洟《はな》を啜《すす》る音でさえも愛おしくて、僕はルイズにまた一歩近づいた。

心臓がうるさかった。

まるで耳の側に心臓があるのではないかと思うほどに、どくどくと脈打っていた。

止まってしまえばいい、こんな心臓なんて。

彼女の泣き声が聞こえなくなるぐらいなら。

そんなふうに思ってしまうほどに、僕は彼女の泣き顔に夢中になっていた。

僕の中に芽生えた感情は、恋と呼ぶには早すぎて、でも愛と呼んでいいぐらいには、僕の中心に深く深く根を張ってしまった。


あれから十四年、僕はずっと願っている。

――また、あの涙が見たい。

と。

第一章

――一体、私が何をしたというのだろう。

「本当に申し訳ありません！　すみません！　ごめんなさい！」

目の前で土下座をする男を冷めた眼で見下ろしながら、ルイズはそう思った。

ダークウッドでまとめられた、重厚なシュベール家の応接室。そこに似つかわしくない悲壮な声で、男はただひたすらに謝罪の三段活用を口から垂れ流している。

ルイズはひきつる頬をなんとか取り繕い、頬に垂れる赤毛を耳にかけ直した。そして、

「とりあえず頭を上げてください」

と男の丸まった背中に声をかける。しかし、男は、毛足の長い絨毯《じゅうたん》から頭を上げようとはせず、それどころか、額をこすり付けるようにしながら、今にも泣き出してしまいそうな声でこう懇願してくる。

「本当にこの期に及んで何を言っているのかとお思いでしょうが、何卒！　何卒！」

「えっと、あの……」

「この婚約話はなかったことにしてください！」

侯爵令嬢、ルイズ・シュベール、二十一歳。

十六回目の縁談が破棄された瞬間である。

◆◇◆

「もう！　なんで毎回毎回こうなるのよ！」

男が屋敷から去っていくのを見届けてからルイズは声を荒らげた。

それから憤然とした態度で赤いベルベットのソファに身を投げる。そして、ふかふかの生地に身体を深く沈めながら、唇を尖らせた。

「一体、私の何がいけなかったっていうのよ……」

そう小さく声を漏らすと同時にジワリと視界が歪んだ。悲しくて涙が出たのではない。なんだか悔しくて涙が出たのだ。

別に『自分を振るなんて！』と居丈高《いたけだか》なことを思ったわけではない。けれど、こうも一方的に婚約を白紙に戻されるなんて、自分のこともそうだが、家のことまでバカにされたようでたまらなかったのだ。

ルイズは手に持っていたハンカチで目元をゴシゴシと擦った。

「お相手は理由をなんと説明していたのですか？」

そう問いかけてきたのは、ルイズの専属の使用人をしてくれているソニアだ。彼女はルイズの一つ上の、二十二歳。長い付き合いになる彼女は、姉のような慈愛に満ちた目でルイズのことを見つめている。

そんな彼女にルイズは唇を尖らせたまま俯いた。

「知らないわ。話してくれなかったもの」

「それなら、お嬢様のせいではないですよ。きっと」

「そうかしら？」

「そうですよ。だってお嬢様の男運は最強で最悪ですからね！」

ソニアがそう言うのには理由があった。

というのも、今まで両手の指どころか、そろそろ足の指もすべて使わなければならないほどに見合いをしてきたルイズだが、そのすべてにおいて彼女の男運の悪さは最悪だったからだ。

悪徳金貸しから、首が回らなくなるほどの借金をしている浪費家。

女グセが悪く愛人を二桁ほどつくっている、性病持ちの色情魔。

お酒が抜けるとすぐに指先が震え出す、中毒者。

見た目はピカイチで、態度も気品に溢れている、元結婚詐欺師。

終始何を言っているかよくわからない、どこかの教祖様。

などなど。

しかも、ルイズが彼らと人間関係を築いているときには、まったくそうとはわからないのだ。彼らの本性がわかるのは、なぜかいつも彼らがルイズに別れを告げた直後。

ニュースペーパーにどこかで見たことある名前が載っているな……と思ったら、数日前に別れを切り出された男だったというのはよくあることだし、風の噂で男が身を破滅させたと知ることもあった。

そのたびにルイズや周りの人間は『あれ以上関係を進めなくて良かった』と胸を撫でおろしていた。

ソニアの先程の言葉は、ルイズのこういう背景からきていたのだ。

つまり、男運は最悪だが、間一髪のところでいつも避けているから最強なのである。

ルイズは意気消沈したままの重い身体を引きずるように部屋を出る。

十六回目の破談だが、何回目だろうがキツいものはキツい。決して慣れることはない。

いかに相手がどうしようもなく、関係を進めるに値しない相手だろうが、そんな相手にさえ選ばれなかったという事実がルイズの胸を抉《えぐ》ってくるのだ。

「うー……」

「ほら、元気を出してください！　きっとすぐに関係が切れてよかったと思うようなニュースが飛び込んできますよ！」

「今回もそうとは限らないわ。今度こそ私に何か問題があったのかも……」

「そんなことないですよ！　お嬢様は可愛らしいです！　自信を持ってください！」

「この状況で自信を持てって言われても……」

いつまでも歩き出さないルイズに焦れたのか、ソニアが背中を押す。

ルイズはソニアに運ばれるような形で廊下を進んだ。

「ほら、歩いて！　歩いて！」

「うぅ。やっぱり、もうちょっと早くから結婚について真剣に考えてればよかったわ」

「もう、お嬢様ってば、そればっかりですね」

「だって、この男運の悪さは、やっぱり私が『売れ残り』だからだと思うのよ」

最初に、父であるドミニクがルイズに縁談を持ってきたのは、彼女が十二歳のときだった。その時のルイズはまだ若く、結婚なんてまったく考えられなかった。

幼い頃に母を亡くし領地に引きこもって暮らしていたせいか、当時の彼女は少々お転婆で、異性との関係も将来を語り合うより外で一緒に走りまわっている方がわくわくしたし、誰かに恋をするよりもお茶を飲んで友人たちと語らっている方が楽しかった。

結婚なんておとぎ話の中だけの存在で、自分がいつか誰かと添い遂げるということはわかっていても、それを現実のものとして考えることができなかったのだ。

だからドミニクがどんな縁談を持ってきてもすげなく断っていたし、お見合いを仮病で休んだこともあった。

ドミニクもドミニクで母を亡くした娘に甘く、また曲がりなりにも侯爵家であることから急がなくとも良縁に恵まれると思っていた節がある。

それがまずいと気がついたのは、十七歳の春だった。一緒に遊んでいた友人たちが婚約者と逢瀬を重ねるようになり、だんだんとルイズから遠のいていった。

改めて周りを見回せば結婚相手が決まっていない人間はルイズだけで、そこまで来てようやく彼女は焦ったのだった。

急ぎドミニクに縁談を手配してもらうものの後の祭り。なぜかハズレばかり引いている――というわけである。

「残り物には福があるなんて大嘘よ！　残り物には難しかないんだわ！　私含めて！」

「はいはい。そんな事ないですからねー。お嬢様はもうちょっとご自分に自信を持ってくださいねー」

いつものことだからだろう、ソニアはどこか適当にルイズの卑屈な言葉を受け流す。

「ソニア、どうしよう。お父様になんて説明したら……」

「気にすることはないですよ。そもそも今回の縁談はドミニク様も乗り気じゃなかったじゃないですか。まったくマリー様も、ちょっとお節介が過ぎますよねー」

「マリー伯母様は、私がいつまでも結婚しないことを心配してくださっているのよ」

「だとしても、あんな小さな領地の次男坊をあてがってくるだなんて！　ルイズ様のことを何だと思っているのか！」

「私はそれでも構わないのだけれど……」

「ルイズ様が良くても、私が嫌です！」

そんなふうにじゃれるように廊下を進んでいたのが良くなかったのだろう、ルイズは曲がり角から突然現れた影に気づかなかった。

「ぶっ！」

そんな恥ずかしい音が口から漏れたのは、突然現れた人物に顔から思いっきりぶつかってしまったせいだった。

ルイズは足をもつれさせ、たたらを踏んだ。背後にいたソニアは突然の出来事に対応しきれず、咄嗟にルイズの背中から手を放してしまう。そうして後ろに倒れ込みそうになった瞬間、正面から伸びてきた手がルイズの手首を摑み、とんでもない力で前方に引っ張った。

「ひゃぁっ！」

気がついたときには、ルイズの頬は何か温かいものに押し付けられていた。それが人の胸板だと気づく前に、どこまでも冷ややかな声がルイズのつむじに落ちてくる。

「……何してるの？」

ルイズは目を瞬かせながら、自分の手首を摑んでいる人物を見上げた。

そこには、すれ違えば老若男女問わず誰もが振り返ってしまいそうな美丈夫がいた。

夜の闇を染め込んだような混じりっけのない黒髪に、少し長い前髪から覗く黒曜石のような瞳。鼻梁は高く、唇も小さくて上品だ。肌は陶磁のようにきめ細かくて、白粉を塗っているかのように白い。更には、女性の平均よりも背の高いルイズをやすやすと見下ろしてしまうぐらい背が高く、手足もすらりと長かった。

その姿を認め、ルイズは驚きでわずかに声を大きくした。

「アラン！」

その声がうるさかったのか、彼の形の良い眉がぐっと顰《ひそ》められる。

彼――アラン・シュベールは、十五年前にルイズの父であるドミニク・シュベールが『実は、子供がもう一人いたんだ！』と嬉々として連れ帰ってきた、ルイズの腹違いの弟である。年齢は彼女の一つ下の二十歳。

アランがシュベール家に来た当初は、ルイズの母親が死んで一年ほどしか経っておらず、父の貞操観念やら節操のなさに呆れを通り越して嫌悪感をいだいていたが、今ではそれも仕方がなかったのかもしれないな……と思っていた。

（だって、アランのお母さん、相当綺麗な人だったんだろうし……）

それは彼を見れば、一目瞭然だ。

本当に半分でも血が繋がっているのだろうか。

そんな疑問が頭をかすめたことも、一度や二度ではない。

なぜなら、容姿が端麗なアランに比べ、ルイズのそれは実に平々凡々としているからだ。くすんだ赤毛に緑色の瞳という凡庸な色もさることながら、頬にはそばかすが散っており、顔を構成するそれぞれのパーツも特に整っているというわけではない。

身長だけはすくすくと伸びてしまったが、だからといってスタイルが良いというわけでもなく、むしろそのせいでルイズとあまり身長の変わらない男性からは敬遠されたりもするぐらいだ。『可愛い』とお世辞を言ってくれるのは親戚ぐらいのものである。

「ごめんなさい。助かったわ」

アランが手首を放すと同時に、ルイズは体勢を整えながらそう笑う。

すると、アランはまるで彼女の方を見たくもないというふうに顔をそらした。

そして、長い長いため息をつく。

「アラン？　あの――」

「いつまで摑んでいるつもり？」

アランの言葉に、そこで初めて自分が彼の胸元の布地を握り締めていたことに気がついた。

「ごめんなさい！」

ルイズは慌てて手を放す。すると、アランはまるでそこに汚いものが触れたかのように、彼女の摑んでいた場所をパンパンと手で払った。そして、後ずさるようにルイズから数歩距離を取る。

その態度にルイズはわずかに頰を引きつらせる。

彼女の様子に気づいているのかいないのか、アランは先程ルイズたちが歩いてきた廊下の方を見た。

「そう言えば、あの男、帰ったんだね」

「……ぇぇ」

「また振られた？」

「…………ぇぇ」

「そう」

いつも無表情なアランの口角がわずかに上がる。もうそれだけで、彼がこの状況を非常に喜んでいることがわかって、ほんの少しだけイラッとした。

(私にとっては不幸な出来事なのに!!)

ルイズは再び尖りそうになる唇を慌てて引き結び、改めて目の前の彼を見た。

アランはなおもルイズから顔をそらしている。

(本当に、とことん嫌われているわね)

そう、ルイズはアランに嫌われていた。それも、この上なく。

話しかければ無視をされ、言葉が返ってきたとしても必要最低限。

身体に触れれば盛大に顔を顰められ、伸ばした手ははたき落とされる。

ルイズの縁談が駄目になったときにはこんなふうに決まって声をかけてくるが、かけてくる言葉は励ましなどではなく、今日のように確認という名の煽りがほとんどだ。

(しかも、私が泣いている姿をじっと見つめていることがあるのよね)

ほんの数日前だって、ルイズが中庭で本を読んで泣いていたら、アランが遠くからこちらをじっと見つめていたことがあった。目が合うとすぐさま去っていってしまったが、その口角がわずかに上がっていたことをルイズは見逃さなかった。

(泣いているのを見て喜ぶぐらい嫌われているって、相当よね)

しかし、どうしてアランがそんなにも自分のことを嫌うようになってしまったかがわからなかった。少なくとも最初からこうではなかったはずだ。

アランがこの家に来たばかりの頃、年齢が近いこともあって二人はよく一緒に遊んでいた。

　なのに、気がつけばいつの間にか二人の間には溝ができていて、それに戸惑っている間に、とうとう壁までできてしまっていた。

　その壁は分厚く、いくら叩いても壊れやしない。

（私は、また仲良くしたいのだけれど……）

　そんなことを考えていたら、つむじに視線を感じた。顔を上げると、アランはじっとルイズの顔を見下ろしている。その眉間には先程よりも一本多くシワが刻まれていた。

　その表情の意味がわからず見つめ返していると、アランの指先が伸びてきて、ルイズの頬に触れた。そして何かをたどるように指が皮膚の上を滑った。

「もしかして、泣いたの？　……あんなやつのために？」

　後半の言葉には、どこか怒っているような響きがあった。

「え？　それは――」

「そんなに、あの男のこと好きだったの？」

「ち、違うわ！　好きとかはまったくなくて！　ただ、ちょっと悔しかっただけ！　だって理由がわからないし！」

「……そう」

　その声にはどこか安堵の色が含まれているような気がした。

心配されたのかと思っていると、アランはルイズの持っていたハンカチを奪い、それを目元に押し当ててくる。

「ア、アラン？　大丈夫よ。そんな――」

「あんまり他の人の前で泣かないでくれる？　目障りだから」

微笑みながらピシャリとそう言われ、ルイズは「目障りって……」と、今度は隠すことなく頬を引きつらせた。

◆◇◆

ルイズたちが去っていった方向を見ながら、アランは「はぁ」と短い吐息を漏らした。

廊下の先を見つめる彼の目はどこか熱っぽく、吐き出した息にも熱がこもっている。

先程ルイズと対峙していたときの無表情とは違い、ある種の感情をほとばしらせながら、彼は側にあった壁に身体を預けた。

「そういえば、これ返すの忘れてたな」

そう言う彼の手にはルイズの涙を拭ったハンカチがあった。

彼女の涙をたっぷりと吸ったそれを、アランは口元に近づけて大きく深呼吸した。

瞬間、ルイズがいつもつけている甘いコロンの香りが鼻腔をくすぐり、泣いていた彼女

の顔が瞼《まぶた》の裏に浮かんできた。

「義姉さんの泣いている顔、やっぱり可愛かったな」

どこか恍惚とした表情で、彼はそうこぼした。

◆◇◆

その報告がルイズに届いたのは、その日の夕方のことだった。

「え。王宮から使者が？」

自室でひっくり返った声を出すルイズの前には、青い顔をしたソニアがいる。

彼女はメイド服のエプロンをぎゅっと握りしめながら、震える唇を開いた。

「は、はい。使者というか、兵士という感じなのですけれど。どうやらドミニク様を捕まえに来たようでして……」

「捕まえに!?　どういうこと？」

「詳しくはわからないのですが、どうやら昔、ドミニク様が罪を犯していたらしく……」

「罪!?　あの気弱なお父様が、罪!?」

ポンポンと出てくる異様な単語に、ルイズは再びひっくり返った声を上げてしまう。

驚きのあまり口を半開きにするルイズに、ソニアは更にとんでもない言葉を放った。

「はい。しかもどうやら、アラン様にも関係があることのようで……」

「アランに!?　アランがどう関係しているっていうの!?」

「私もそこまでは」

本当に詳しくは知らないのだろう。ソニアは困り顔のまま首を横に振る。

「と、とにかく！　使者の方がいらっしゃっているのはホールよね。すぐに私も行くわ」

このままソニアに話を聞いていてもらちがあかないと、ルイズは座っていた椅子から立ち上がる。そして、そのままの勢いで部屋を出た。

二階の廊下を早足で歩いていると、扉が開け放たれた部屋が目に入る。

アランの部屋だ。どうやら彼も報告を受けて、慌てて飛び出していったらしい。

(アランが関係している昔のことって、出生のことかしら。もしかしてお父様、お城の人に手を出したとかじゃないでしょうね!?)

十五年前、突然屋敷にやってきたアランだが、彼の出生は家族の誰にも明かされていなかった。

どんな人が母親なのか。他に家族はいるのかいないのか。どんなところで生きてきたのか。どこに住んでいたのか。

それらのことをドミニクは一切語らなかった。どれだけルイズと兄のジャンが強請《ねだ》っても教えてくれなかった。

その上、当時五歳のアランは屋敷に来る前のことを残さず忘れていた。ドミニクの話だと『少しショックなことがあって、その衝撃で記憶の方に少し支障をきたしてしまっている』とのことだった。

そんな状態のアランに過去のことを根掘り葉掘り聞くわけにもいかず、今の今までルイズが彼の母親について知ることはなかったのである。

(考えてみればアランって、ここに来た当初から妙に所作が綺麗だったのよね)

幼い頃から侯爵家の子女としてマナー等をしつけられてきたルイズと兄よりもアランの所作は洗練されており、貴族然とした振る舞いができていた。指先一つ動かすだけでも気品に溢れていて、よくマナーの先生に「アラン様を見習いなさい!」と叱られたものである。

(でもまさか、相手が王族だなんてことは……)

そうは思ったが、ルイズはとあることを思い出して顔を青くした。

(そういえばお父様、アランがうちに来る直前まで王宮に勤めていたわよね!?)

それがアランを引き取ってからすぐに勤めをやめて、王都から領地であるコーテルベルクに引っ込んだのだ。

もし、王族の女性との間にアランを作って、それが露見してしまいそうになったから逃げてきた……とかだったら、最悪だ。

処罰は父だけに留まらず、シュベール家ごと取り潰しになるかもしれない。

現在、軍部で働く兄の出世も見込めなくなるだろうし、一家離散、なんてことも考えられる。

「まずいわ！　それは本当にまずい！」

青い顔のまま呟きながら、ルイズはホールに繋がる階段を降りる。

眼下ではソニアから聞いた通りにたくさんの兵士がいた。中心にアランとドミニクもいる。

彼らは円になった兵に囲まれるような形で、一人の男と対峙していた。

アランの声が、ルイズの耳にも届く。

「嫌です。僕は絶対に帰りません」

「そんなこと言っていいのかな？　僕は君の養父を『誘拐』の罪で捕まえることもできるんだよ？」

「『誘拐』って。……貴方たちは、どこまでも勝手ですね」

「勝手なのは否定しないけれど、私も被害者なんだ。そう毛嫌いしないでくれ」

ルイズは階段を降りる歩調を緩めながら彼らの会話を聞いていた。『誘拐』やら『被害者』やら、気になる単語はいくつもあるが、それよりももっと気になることがあった。

それは、アランとドミニクに対峙する男だ。

金糸のようなブロンドに、ラピスラズリを思わせるような深い青の瞳。

年齢はルイズよりも少し上の、二十代半ばというところだろうか。服装はこの中の誰よりも貴族然としており、胸元のクラヴァットを留めるピンには大きなブルーサファイアが輝いていた。

（あの顔、どこかで……）

直接、ではないかもしれないが、どこかで見たことがある気がする。

少なくとも、あの外見的特徴をルイズは知っている。

「あぁ、君がルイズ・シュベールだね」

金髪の男がルイズに気づき、こちらを向いた。そして、穏やかに微笑む。その表情を見た瞬間、ルイズの頭をよぎるものがあった。それは一枚の姿絵だ。ニュースペーパーにでかでかと印刷されていた、金髪碧眼《へきがん》の青年。紙面には彼を称賛する声と共にこう書かれてあった。――若き国王、と。

「え？　は？　ちょ!?」

目の前にいる人間がどういう人物なのか悟り、ルイズは階段でたたらを踏んだ。踏面《ふみづら》が広くないため転げ落ちそうになるが、それは手すりを摑むことによってなんとか回避する。

この国の若き国王はルイズに身体を向けると、胸元に手を当てた。

「紹介が遅れて申し訳ない。私は、レオン・エルベール。一応この国の国王をやらせてもらっている者だ」

「え？　え？　ほ、本当に、国王様、ですか？」

「そうだとも」

「えっと。こ、国王様が、うちに何の御用ですか？」

正式な挨拶もない上に階段の上から尋ねるという不敬にもかかわらず、レオンは柔和な表情を崩さない。

「端的に説明するとだね、私は迎えに来たんだ」

「迎え？」

「私の弟をね」

レオンの視線がアランへ向く。

アランは苦々しい表情になったあと、はぁ、とどこか諦めたようにため息をついた。

レオンの話は、ルイズにとってまさに寝耳に水だった。

「えっと。つまり、アランとレオン様は本当の兄弟で、アランは私たちと何の血の繋がりもない……と？」

「そう。ルイズは呑み込みが早くて助かるよ」

その会話はシュベール家の応接室でなされていた。

ホールでドミニクとアランを囲んでいた兵士の大半は屋敷の外で待機しており、部屋の中にはドミニクとアランとルイズ、それとレオンと彼を守るための騎士が一人だけいる。

レオンと向かい合う形で、侯爵家の三人はソファに腰掛けていた。

ルイズはレオンに向けていた視線を隣のアランに向け、驚きで震える唇を再び開いた。

「ということは、アランは国王様の子供？」

「元国王、ね。父は半年ほど前に亡くなってしまったから。現国王と言えば私だし」

つまりアランは、王弟ということだ。

予想を超えた斜め上の事態にルイズは軽く目眩《めまい》を覚えた。

レオンとドミニクの話をまとめるとこうだ。

アランはドミニク・シュベールの落胤《らくいん》としてシュベール家に引き取られたが、それは真実ではない。

アランの正体は、十五年前に毒殺されたと言われているアベル王子だった。

当時五歳のアベル王子は何者かに毒を盛られ、生死の境を彷徨《さまよ》った。

一時は命も危ぶまれていたが、医師たちの懸命な治療の末、彼は三日三晩眠り続けたあとようやく目を覚ました。

しかし、毒を飲んでしまった影響か、飲まされたときのショック故か、彼はそれまでの記憶をすべてなくしており、母親のことも、父親のことも、自分がどういう立場の人間であるのかさえも、何も思い出せない状態になっていた。

当時の王妃――レオンとアベルの母親はアベルの記憶がなくなってしまったことを悲しみながらも、これ幸いと彼のことを友人だったドミニクに託した。それは未だ捕まらない犯人からアベルを守るためであった。

そしてアベルは、アラン・シュベールとして生きていくこととなったという。

(だからお父様は、アランの出生について何も言わなかったのね……)

二人の話を心の中で反芻《はんすう》しながら、ルイズはそう一人で納得した。

たとえ浮気者だと白い目で見られようとも、子どもたちに真実を告げるわけにはいかなかったのだろう。逃げるように王宮の職を辞したのも、それなら合点がいく。

(それに――)

これで自分たちがどうして似ていないのか、理由もはっきりした。

アランとルイズは姉弟ではなかったのだ。赤の他人。二人の間に血の繋がりなんてものは皆無なのである。

ルイズは黙ったままのアランに声をかけた。

「アランは、知っていたの？」

「まぁ……」

「いつから!?　来たばかりの頃は記憶がないって……」

「この家に来て一年ぐらいで思い出したんだ。でもまさか、迎えが来るとは思っていなかったけど……」

アランの声色には明らかな険があった。

きっと、今更……とでも思っているのだろう。

それは確かにそうだと、ルイズも思う。十五年間も放っておいたのに、どうして今頃になって迎えに来るのだろう。虫が良いにもほどがある。

二人の険しい表情から考えを読み取ったのだろうか、レオンが口を開く。

「本当はね、迎えに来るつもりなんてなかったんだよ。君は楽しく第二の人生を生きているし、私たちの存在は君の人生の邪魔になるとわかっていたからね」

「それなら――」

「それでも、君には戻ってもらわないといけなくなった」

彼の声音には有無を言わせぬ力強さがあった。

黙ってしまった三人を尻目に、レオンは続けて口を開く。

「先日わかったことだが、私は子供ができない体質らしい」

「子供が？」

「私は昔から病弱でね。まぁ、今もさほど強くはないんだけど。子供の頃は毎日のように熱を出していたんだ。どうやら、それが良くなかったらしい。そのときの熱のせいで、私の子種は全部死んでしまったそうなんだ」

「つまり、王位を継承する人間がいないから、僕を王宮に戻して、その子供を王位に就かせたいと？」

アランはそう言って眉を寄せたあと、「くだらない」と吐き捨てた。

「まぁ、そう言うな。事態はそう単純じゃない。そもそも私がこのまま子供を作らず死んでしまったって、王位を継ぐ人間はいるんだ。うちは親戚が多いからね」

「それなら僕なんかをあてにせずに、その人間に王位を譲ればいい。簡単なことじゃないですか」

「次に王位を継ぐのが、君に毒を盛った張本人でもか？」

アランの表情が気色ばむ。

反応を予期していたのか、レオンは不敵に唇の端を引き上げた。

「そいつはダニエル・エルノー。我が父、ミシェル・エルベールの弟で、私たちの叔父だ。私は十中八九、彼が君に毒を盛った犯人だと思っている」

「そいつは――？」

「安心してくれていい。実は当時も彼には疑いが掛かっていたんだ。証拠がなくて捕まえられなかったけどね。だからか、君が死んだという情報が流れて、ダニエルは逃げるように領地に引きこもったよ。今もこちらを警戒してか、なかなか領地から出てこない。それに、私が生きているうちは彼を王宮に入れる気はないから、安心してくれ」

レオンはアランを安心させるようにそう言ったあと、「でも……」と言葉を付け足した。

「君が王宮に戻ってこなければ、ダニエルはいずれ王位に就くだろう。彼が健在でなければ、息子が代わりにこの国を牛耳ることになる」

「それは……」

「私はね、それが我慢ならないんだ。だから、平穏で安楽な君の日常を壊してでも、アイツのことを邪魔してやることに決めたんだよ」

レオンはそう言って楽しげな笑みを浮かべた。

その表情は為政者というよりは、復讐者といった方がしっくりとくる。

「アラン――いいや、アベル。私はね、お願いしているわけじゃないんだ。これは命令だよ。王宮に戻ってきなさい。さもなければ、君の養父であるドミニクを『王子誘拐』の罪で捕まえる」

「……立派な脅しですね」

「あぁ、脅しだよ。でも、その代わり『子供を儲ける』ということを守ってくれるならば、それ以外の自由はできるだけ認めようと思っている。君を今まで育てたシュベール家のことも公表し、報奨金を与えるつもりだ。……どうだ？　悪い話じゃないだろう？」

アランはすぐに言葉を返さず、しばらく視線を落としたまま何かを考えているようだった。

（アラン、どうするんだろう……）

ルイズは彼の横顔を見ながらそう思った。

アランがこの家を出て王宮に戻ることに、寂しさがないといえば嘘になる。彼からは嫌われていたし、決して仲の良い姉弟とは言えなかったけれど、それでも十五年間姉弟として一緒に過ごしてきたのだ。楽しかった日々の思い出だって、それなりにある。

アランが王宮に戻ったら、きっと名前も『アラン』から『アベル』に戻るのだろう。

そして、ルイズとは一度も人生が交わったことがないというような顔をして、今後の人生を歩んでいく。

（でも、その方がきっとアランのためなのよね）

アランがシュベール家で不自由をしていたということはきっとない。

シュベール家は腐っても侯爵家なので食べるに困るなんてことはなかったし、みんなアランのことは本当の家族のように思っていたので家族仲も悪くなかった。

特に兄のジャンは降って湧いたように現れた弟のことをこれでもかとばかりに可愛がっていた。それこそ、異性のルイズよりも同性のアランのことを猫可愛がりをしていたように思う。

それでも、アランは王宮を選ぶべきだとルイズは思っていた。王宮の方が良い暮らしができるのはもちろんのこと、レオンの言葉を信じるならば、これからアランはお金も時間も自由になる上に、権力だって手に入るのだ。

アランがそういうものにあまり興味がない人間だろうことはわかっているけれど、最初からないのと、手に入っているけれど使わないとでは、まったく違う話だ。

(どちらにせよ、私がどうこう言える話ではないのだけれどね)

この話はレオンとアランの話だ。ドミニクには多少関係のある話かもしれないが、ただ一緒に育ってきただけのルイズには『行かないで』も『行って』も言う権利がない。完全に蚊帳《かや》の外である。

ルイズがアランをじっと見つめていると、彼がようやく顔を上げた。

そして、先程よりも少しだけ硬い声を出す。

「それなら、一つ条件があります」

「条件？　いいよ。聞くだけ聞こうじゃないか」

「義姉さんと——ルイズと結婚させてください」

「…………は？」

視線が集まると同時にルイズは呆けた声を出してしまった。

完全に蚊帳の外だと思っていたのに急に舞台に上げられて、ルイズはこれ以上ないほどに混乱した。

助けを求めるように父やレオンを見るが、彼らが『今のは聞き違いだよ』と言ってくれることはない。父に至ってはルイズと同じぐらい驚いた顔をしていた。

「ア、アラン？」

ルイズは最後にアランの袖を引いた。

彼女は事ここに至ってもこれは何かの間違いだと思っていた。

だってこんな……あり得ない。

アランはこちらを少しも見ることなく、レオンに向かって意志の籠もった声を向ける。

「彼女と結婚させてくれるのなら、僕は王宮に戻ります」

◆◇◆

「アランと私が……結婚？」

ルイズがそう呟いたのは、自室のベッドの上だった。

窓から見える外の景色はもう宵闇に染まっており、空には星が瞬いている。

湯浴みを終えたルイズは、夜着姿で仰向けになり、天蓋《てんがい》をじっと見つめていた。

あれから事態は怒濤の勢いでルイズにとって思わぬ方向へと進んでいった。

ルイズと結婚したいと言い出したアランに、レオンは『なんだ、そんなことか』と微笑み、事もなげに一つ頷《うなず》いた。

『わかった。私の方はそれで問題ないよ。子供は君の血が入っていれば問題ないし、侯爵家の人間なら、王家に入れることに異を唱える者もいないだろうからね。その上、君を匿《かくま》っていた恩人の娘だ。みんなこういう美談は大好きだからね。応援こそしても反対はしないだろう』

レオンは機嫌良くそう言って口の端を引き上げる。上機嫌なのはもしかすると、アランの嫁探しの手間が省けて良かったと思っているからかもしれない。

彼は続いてルイズの方を向き、口を開く。

『ルイズの方もそれで問題ないね』

まるで、ルイズがNOと言うとは思っていないようだった。いや、もしかすると言わせない気だったのかもしれない。その証拠に『え、あの……』と口ごもるルイズのことを無視して、レオンは『よし、話はまとまったね』と手を打ったのだ。

『それじゃ二人とも、荷物をまとめて近日中に王宮までおいで。私は一足先においとまして歓迎会の準備でもしておくから。……楽しみにしているよ』

レオンはそれだけ言うと、さっさと屋敷をあとにしてしまった。

残ったのは放心状態のルイズとドミニク。

そして、黙ったままのアランだけだった。

ルイズは夕方のことを反芻しながら寝返りを打った。

起こった出来事が出来事だっただけに、体力的にも精神的にも疲れているはずなのに、横になっていても眠気はまったくやってこなかった。それどころか、時間の経過とともに目が冴えてくる始末だ。

「アランと、話したいな」

それが心からの願いだった。

どうしてこんなことになったのか、アランが何を考えているのかを知りたかった。

だって、自分はアランに嫌われていたはずで、姉弟だったはずで、婚姻関係を結べるような関係ではなかったはずなのだ。けれど、話を聞こうにも、あれからアランはドミニクに呼び出されて、父の部屋から出てきていない。

湯浴みをするときに一度部屋の前を通りかかったが、「お前の気持ちはわかっていたが……」とか「だとしても急すぎる」というドミニクの言葉は漏れ聞こえてきたものの、それが何を意味するのかは、ルイズにはよくわからなかった。

(それに、過去のこととかも、聞きたいし)

たった五歳で毒を盛られたアランの気持ちを想像して胸が痛む。

アランは、シュベール家に来て一年ほどで記憶を取り戻したと言っていた。つまり、彼は一人で抱え込むには重たすぎる過去を、それからずっと弱音を吐くこともなく抱え込んでいたということだ。その強さを単純にすごいと思うのと同時に、頼ってもらえなかったという不甲斐なさも感じた。

ダニエルがアランに毒を盛った目的は、当時国王だった彼の兄に代わって王位を得るためだったのではないかとレオンは語っていた。長男のレオンではなく、次男のアランを狙ったのは、幼い頃レオンは病弱で、十五歳まで生きられないと言われていたから。

『放っといても死ぬ私よりも、健康なアランを殺す方が確実だと思ったんだろう』

レオンはそう言いながらどこか冷たい笑みを浮かべていた。

ルイズはどうにも眠れない身体を起こし、窓際に立った。

そのまま窓を開けて、身を乗り出す。

目に映る星が眩しく、頬を撫でる夜風が心地よかった。

寝苦しかった夏が終わり、おそらく今が気候的にも一番過ごしやすい時期だろう。

ルイズは空に向けていた視線を隣に向けた。

外壁を辿るように視線を滑らせて、アランの部屋を見る。

彼の部屋の窓から灯りは漏れていなかった。

「アランは、まだお父様の部屋かしら……」

そう呟いたとき、視線の端に何かが映った。慌ててそちらの方を見ると、そこには見知った後ろ姿がある。その影はちょうどルイズの部屋の下を通ったばかりのようだった。

「アラン！」

屋敷の裏道を歩く彼を、ルイズは二階から呼び止めた。

すると、アランは足を止めて振り返り、背後に誰もいないことを確認したあと、こちらを見上げた。彼の唇が小さく『義姉さん』と動く。

「アラン！　ちょっとそこで待ってて！」

薄い夜着にカーディガンだけ羽織った状態でルイズは部屋を飛び出した。

性急に呼び止めたにもかかわらず、アランはルイズが到着するまできちんとその場で待っていてくれた。

部屋からその場所まで足を止めることなく走ってきたルイズは、膝に手を置き呼吸を整える。

「ごめ、んな、さい。いきなり……」

「別にいいけど、どうしたの？」

「えっと、貴方と話がしたくて」

「話？」

まるで思い当たる節がないとばかりに小首を傾げられ、ほんの数時間前までの出来事は、全部自分が見た夢なんじゃないかと疑ってしまう。しかし、夢でないことはアランの次の言葉で証明されてしまう。

「もしかして、夕方のこと?」

「あ、うん。アランがどうしてあんなこと言ったのか聞きたくて……って、アラン、でいい?　アベルの方がいい?」

「アランでいいよ。そっちの名前で生きてきた方が短いから、馴染みがないし……」

さらりとそう言ってのけた言葉は重いのに、声色はまったく悲観的ではなかった。

きっと彼は、もうすでに事実を呑み込んで、何かを悟ったあとなのだろう。

「で、どうしてあんなことを言ったか、だっけ?　『あんなこと』ってどのこと?　僕の出生の話?　それとも、結婚の話?」

「それは、どっちも気になったけど……」

結婚という言葉に自然と頬が熱くなるのを感じた。

「僕とレオンが兄弟なんて聞いて驚いた?」

国王のことを気さくに『レオン』と呼ぶのを見て、彼の記憶が戻っていることを実感した。

きっと彼の中にはレオンのことを名前で呼んだ過去があるのだろう。

「驚いたけど、でも、よく見たらそっくりだなとも思ったわ」

「そう？」

「髪の毛の色も瞳の色も違うから、今までは似ているだなんて思わなかったけれど、見比べたらやっぱり兄弟なんだなって。こんなふうに暗いところで見たら、そっくりかも……」

そう言って見上げた瞬間、視線が絡んだ。

誰もが見とれるような美貌の悪魔が月を背負ってこちらを見下ろしている。

瞬間『結婚』という言葉が頭の中に蘇り、ルイズは慌てて彼から視線をそらした。

「義姉さん？」

「ア、アランはどうして私と結婚するだなんて言い出したの？」

「種馬として王宮に連れ戻されるのなら、相手ぐらいは自分で選びたかったから」

「だ、だとしても、なんで私なの？」

アランはルイズの言葉に首を傾げた。

その表情からは、彼が何を考えているのかまったく読み取れない。

「変な人と結婚したくないってのはわかるけど、アランは私のことが嫌いなんじゃないの？」

「嫌い？　嫌い……ね」

「そ、それに、私なんてアランと釣り合わないわ」

「……誰が言ったの、そんなこと」

瞬間、低くなったアランの声に背筋が粟立った。

どうして彼が怒っているのかわからず、ルイズはオロオロと視線を彷徨わせた。

「だ、誰も言ってないけど、そんなの誰が見ても一目瞭然でしょう？」

「一目瞭然？　僕にはよくわからないんだけど」

とぼけているわけでなく、本当にわからないというように彼が首を傾げる。

そんな彼にどう言ったらいいのかわからず、ルイズは目を泳がせた。

だって、そんなの誰に聞いてもわかることだ。

舞台役者も恐れおののくような美貌を持つアランと、平々凡々の自分。その上、彼は王族だったのだ。侯爵家のルイズからしてみれば、雲の上のような存在だ。

姉弟としてならともかく、結婚相手として隣に立つのはかなり躊躇《ちゅうちょ》してしまう。

ルイズがまごまごしていると、アランがこちらに一歩距離を縮めてくる。

「義姉さんは……可愛いよ」

「へ!?」

「義姉さんは可愛い」

繰り返しそう告げられて、頬がじわじわと熱くなった。

こちらを見下ろしてくる彼の瞳に揶揄《からか》いの色はない。むしろ、どこか情熱的とも思えるような熱っぽさを感じた。

「な、なんでいきなりそんなこと!?」

「口にするのは初めてだけど、ずっとそう思ってたよ」

「そんなわけないでしょう！」

「どうして？」

「どうしてって……、今日だって『泣き顔が気持ちが悪い』って――」

「僕はそんなことを言ったつもりはないよ。『目障り』って言ったんだ」

「同じ意味でしょう？」

「違うよ」

アランはもう一歩ルイズとの距離を縮めると、その手首を取った。

そのヒヤリとした感触にまたもや背筋が粟立った。

「僕はね、義姉さん。他の人の前で泣かないでって言ったつもりなんだよ」

「えっと、それは――」

「だって義姉さんは、泣き顔こそ可愛いんだから」

「泣き顔、こそ？」

「そう。義姉さんの泣き顔は至高だよ。随一で、最上で、究極だ」

なんだか話の雲行きが怪しくなってきた。いや、元々そこまで良い話でもなかったのだが。

ルイズの手首を摑むアランの手が力を増す。痛いわけではないが、これでは振り切って逃げることはできないだろう。

(私ったら、なんで逃げるだなんて……)

「義姉さん、どうして義姉さんが結婚できないか教えてあげようか?」

「え!?」

思いもよらなかった言葉に、ルイズは目を大きく見開いた。その視線の先にあるアランの唇は誰が見てもわかるほどに弧を描いている。

「義姉さんが結婚できなかったのは僕のせいだよ。全部、僕が邪魔していたんだ」

見下ろしてくる感情のない瞳に背筋が震えた。恐れおののいたルイズの足は勝手にアランから距離を取る。しかし、ルイズの取った距離の倍、彼は間を縮めてきた。

それを数度繰り返すうちに二人の距離は縮まって、あと一歩でお互いの身体が触れ合うというところまで来てしまう。

「義姉さんの見合い相手が、浪費家なのも、色情魔なのも、中毒者なのも、詐欺師なのも、変な宗教を始めていたのも、暴いたのは僕だよ。全部全部暴いて、義姉さんとの結婚をやめるように脅しをかけていたんだ。もちろん最初の頃は叩いても埃が出ない相手ってのもいたけど、そういうやつだってギャンブルで少し勝たせれば、お金を湯水のように使うようになったし、娼婦を近づければ喜んで腰を振った。どうしても埃が出ないときは家族を叩いた。ある程度の地位にいてまったく埃が出ない家なんて、あるはずがないからね」

「な、なんで、そんな……」

「だって、義姉さんが結婚してしまったら、もう家族ではいられなくなるでしょ？　家族じゃなかったら、側にいられなくなる。側にいられなくなったら、義姉さんの泣き顔も見られなくなる」

アランが何を言っているのかよくわからなかった。泣き顔が見たいということは、やっぱりルイズは彼に嫌われているということではないのだろうか。しかし、先程彼はそれを否定するようなことも言っていて……。

アランの話を聞けば聞くほど、頭の中がこんがらがっていく。

そんなルイズに、アランは更に淡々と言葉を落とした。

「家族で、いいと思っていたんだよね。この状況で僕たちはそれ以上になれないから。でも事情が変わった。もっと近くにいられる方法ができたんだ。それなら、それを利用しない手はないでしょう？」

「アラン？」

「僕は義姉さんと家族だなんて思ったことは一度だってない」

放たれた言葉の衝撃に、ルイズは「え?」と声を漏らし固まった。

アランの言っていることは何一つわからない。わからないけれど、『家族だと思っていない』という言葉の強さに胸がぎゅっと押しつぶされる。

嫌われていることはわかっていた。わかっていたけれど、まさか——

(家族とも思われていなかったなんて……)

「もしかして、泣いているの?」

その言葉で、ルイズは自分の頬が濡れていることに気がついた。頬に手を当てたあと、彼女は着ているカーディガンの袖で目元を拭う。しかし、涙は一向に止まる気配などなく、いくつもの筋を残し頬の上を滑っていった。

「義姉さん、こっちを見て」

アランの声にルイズは俯いたまま首を横に振った。

こんな顔、見られたくない。だって恥ずかしいし、汚いし、きっと不細工だ。

「義姉さん」

まるで幼子に言い聞かせるようなアランの言葉は、蜂蜜かと思うほどの甘さを持ってルイズの耳に届く。

アランは最後の一歩をルイズに向かって踏み出すと、そのまま両手で掬うように彼女の顔を上向かせた。

「あぁ……」

感嘆の声を出したのは、どちらだっただろうか。

ルイズの瞳に映るアランは、これ以上ないほどに嬉しそうな顔で目を細めていた。

月明かりで逆光になっているにもかかわらず、彼の頬が赤く染まっている様がはっきりと見て取れる。

恍惚を含んだその表情は、神話の中の悪魔のようでもあり、天使の微笑みにも見えた。

「アラン……」

ルイズが名前を呼ぶと同時に、アランの顔が近づいてくる。

そして彼は形の良い唇をルイズの目尻に当てた。

小さなリップ音。

何が起こったのか理解する頃にはアランの顔はもう離れていて、彼は親指で自身の唇を拭っていた。

「甘いね」

それがルイズの涙に対する感想だとわかった瞬間、彼女は爆発した。

「な、な、な、なめた!?」

頬がこれでもかとばかりに熱くなり、唇がわなわなと震える。

「うん」

「うん!?」

ルイズがひっくり返った声を上げると、彼の唇の端がゆっくりと引き上がった。

「義姉さん、大好きだよ」

「へ？」

「義姉さん。僕は義姉さんの泣き顔がすごくすごく大好きなんだ」

どこかうっとりとしたようにアランはそう言う。アランの言葉はきちんと耳に届いているのに、彼が何を言っているのかまったくわからない。

意味がわからない。意味がわからない。意味がわからない。

「意味がわからない！」

ルイズは顔を真っ赤にしたまま、頭に浮かんだままの言葉をアランに投げつける。

そして、手を突っ張るようにして彼を押しのけると、一目散にその場から逃げていくのだった。

◆◇◆

レオンの話を聞いて最初に頭に浮かんだことが『面倒くさい』で。

次に思い至ったことが『義姉さんを諦めなくてもいいのかもしれない』だった。

「やっぱり、義姉さんの泣き顔は可愛かったな……」

その晩の興奮は、部屋に帰ってもなかなか収まることはなかった。

まるで流行病に罹ったときのように、身体が熱くて仕方がない。

身に余る熱は、逃げ場所を求めるように口から吐息と一緒にあふれ出た。

目は確かに天井を見ているのに、アランの視界に広がるのは、先程までの光景だ。

潤んだ緑色の瞳。赤く染まった頬。かすかに震える唇。

そして、頬を滑る涙。

「ルイズ」

興奮を逃がすように頭の中を埋め尽くす彼女の名前を一つ口から出してみたけれど、頭の沸騰がそれで収まることはなく、更に愛おしさが募って胸が痛くなった。

「ルイズ、ルイズ、ルイズ、ルイズ」

目元を押さえながら、彼女の名前を何度も何度も唇から吐き出した。

今まで幾度となく見た彼女の泣き顔が頭の中を駆け巡り、視界がぼやける。

それは愛情と言うより劣情に近い。

だってルイズの泣き顔を思い出すだけで、こんなにも身体の中心が熱い。

初めてルイズの泣き顔に興奮したのは、この家に来て一年ほど経った頃だった。

その頃のアランはなくしたはずの記憶が戻ったばかりで、部屋の中で塞ぎ込んでばかりいた。食事も喉を通らず、周りが心配するからと胃の中に無理やり食べ物を詰め込んでは、部屋に戻ってからトイレに吐き出す日々を送っていた。

そのせいか細かった彼の身体は更に細くなり、数ヶ月も経つ頃には日がな一日ベッドで過ごすような身体になってしまった。自力で立ち上がれないわけではないし歩けるけれど、それがひどく億劫で、体力を消耗してしまうのだ。

『アラン、大丈夫？』

ルイズとジャンは、いつもそう言って代わる代わる毎日部屋を訪ねてくれた。時には食べられそうなフルーツや粥などを持ってきてくれて、一緒に食べたりもした。それでもやっぱり喉を通った量の半分ぐらいは吐き出してしまったのだが、その頃のアランはなんとかそれで命を繋いでいた。

そんなある日、窓から見える芝生の上に小さな鳥が落ちているのを見つけた。羽根が赤く染まっているのを見るにきっと他の鳥に傷つけられたのだろう。

アランはなんとかベッドから這い出て、鳥が落ちていた場所まで歩いていった。

ピクリとも動かない小鳥を両手で掬うように持ち上げると、身体はもう冷たくなっていた。

『辛かったね』

かわいそう、とも、悲しい、とも思わなかったのは、小鳥の姿に自分が毒を飲んだときのそれを重ねたからだ。

胃がひっくり返るんじゃないかというほどの猛烈な吐き気と痛み。絨毯を転がりながら、こんなに痛くて苦しいのなら、いっそのこと殺してほしいと、アランは切に切に願った。

もしかするとこの小鳥も、そのときの自分と同じような思いをしたのかもしれない。

それならば小鳥にとって死んだことは痛みや苦しみからの解放だったはずだ。

だからこその『辛かったね』だった。

アランは近くの木まで鳥を運び、その下の軟らかい土を手で掘って、鳥を寝かせ、土をかぶせた。ぽんぽんと土を手で叩いていると、背後に人の気配を感じた。

アランが振り返ると、そこにはルイズがいた。

『アラン、どうしたの？　お外に出て、大丈夫なの？』

『……鳥が、死んでいたんだ』

それだけ告げると、ルイズはすべてを理解したようだった。

ルイズはアランの隣にしゃがみ込むと『そっか。かわいそうだったね』と声を落とした。

隣で洟を啜る音が聞こえたけれど、実際に鳥の死体を見たわけではないからか涙までは流していなかった。

ルイズはしばらく盛り上がった土を見つめたあと、立ち上がりどこかへ行ってしまう。帰ってきたときには、彼女の手には大きな石があった。

ルイズはそれを盛り上がった土の上に置いた。そして、両手を組んで祈りを捧げる。

アランもそれに倣うように両手を組んだ。

『僕の命をあげられたら良かったのに』

言葉が口から出たのは無意識だったけれど、思っていることは紛れもない本心だった。

隣のルイズは息を呑んだあと、『なんてこと言うの！』と責めるように声を張った。

『誰にも望まれていない命なんだから、別にいいんじゃないかな』

そう言葉にして初めて、アランは自分が何に傷ついていたのか知ったような気がした。

そうだ、自分は誰かに殺されかけたことに傷ついたのではない。命が脅かされたことがショックだったのではない。

自分は、誰かに死んでほしいと願われていることに傷ついたのだ。

その上、母親に捨てられたことにも傷ついていた。

当時はまだ、自分は逃がされたのだと、それこそが愛されている証だということに理解が及んでいなくて、ただただ弱いから、いらないから追い出されたと思い込んでいた。

挙句、こんな優しい家族にまで負担を強いている。

そのことが悲しくて、辛くて、恥ずかしかった。

（きっと、僕が死ねば――）

すべてが丸く収まるのだろう。

自分に毒を飲ませた人間は喜ぶだろうし、自分を捨てた母親だって安心する。シュベール家だって、養わなければならない人間が一人いなくなるのだ。きっと楽になることだろう。一人の人間を貴族として育てるというのは、きっとそれなりにお金がかかる。

（だから、僕がいなくなればみんな喜ぶ）

胃のあたりがキリキリと痛い。食べ物はもう入っていないはずなのに、胃酸が喉の手前まで上ってきていた。

もしかすると人は誰かに求められて初めて、存在を許されるのかもしれない。それならやっぱり自分はこの世界にいらなくて、必要とされていなくて、無意味で無価値な存在なのだ。

ゆっくりと染み込んできたその考えは、心の奥底に沈み込んで、けれど決してショックなものではなかった。

だって、わかっていたのだ、最初から。

霞のように頭の中に漂っていた考えが、たった今言葉として具現化したというだけで、ずっとその思いは持っていた。

だからこそ、身体が生きることを拒絶して、食べ物を受け付けなくなったのだ。

そして今、食べ物を無理やり口に詰め込もうという気概さえも失われてしまった。

もしかすると、もうすぐ自分は先程の鳥のように動かなくなってしまうのかもしれない。

死ぬことは本当に怖いけれど、それが周りの求めることならばきっと仕方がないのだろう。

だって、いらないのだ。誰も、自分のことなんか——

『誰かにそう言われたの？』

『え？』

『誰かが、アランにそう言ったの!?』

ルイズが怒っている声を初めて聞いた気がした。

立ち上がった彼女は拳と共に身体を小刻みに震わせている。

『それは……』

『誰かに言われたのね！　……許せない』

悔しさに滲んだルイズの声が掠れる。唇がわなないて、両手の拳に力が入る。

アランは立ち上がり、彼女の顔を覗き込んだ。

そして、息を呑む。

（綺麗だ……）

何かを思えたのもそこまでだった。本当に心動かされるものを見ると、思考も言葉も全部奪われるのだと、アランはこのとき初めて知った。

キラキラと輝くエメラルド。頬を伝う甘そうな雫。

芝生に落ちるときの音が、ピアノの旋律のように聞こえたと言ったら、大げさだろうか。

ルイズが手で顔を覆う仕草さえも美しくて、愛おしくて、心臓が痛くなった。

『どうして泣いているの？』

『アランが、なかない、から、でしょう？』

『僕が？　……ルイズは僕のために泣いているの？』

身体が、心が、震えた。

それが嬉しかったからなのか、はたまた覚えたばかりの興奮をはき違えているからなのかはわからなかったが。

とにかく、アランの人生が変わったのはこの瞬間だった。

アランは正面で顔を覆うルイズに一歩近寄り、彼女の両手をゆっくりと優しく顔から引き剝がす。

そして、彼女の泣いてぐちゃぐちゃになった顔を覗き見た。

（――あぁ……）

きっと自分はこのときの感動を死ぬまで忘れないだろう。

それぐらいの衝撃だった。

寄せられた眉。目尻に溜まった涙。

目元や鼻の頭は赤くなっており、唇にはわずかに血が滲んでいる。

どんな言葉で褒め称えても足りない。

それほどに彼女は、綺麗で、可愛くて、麗しくて、艶やかだった。


それから、ルイズの涙がアランの生きる理由になった。

あの美しい涙を、泣き顔をもう一度見るために、もう少しだけ生きようと思ったのだ。

最初は一週間だった。

それで見ることが叶わなかったから、一ヶ月。

涙を見ることはできたけれど、あのときのような涙でなかったから、もう半年。

あともうちょっと見ていたくて、一年――

ルイズの涙を見るために日々を重ねて、そうして段々と死に向かう感情は薄れていった。

なのに、ルイズの涙や泣き顔への執着は薄れず、それどころかどんどん肥大化してコントロールできなくなっていった。

あのときのように心を震わせたかった。もう一度だけでいいから、見たかった。

でも当時のアランは幼くて、どうすれば自分の願いが叶うかわからなかった。

だから、ひたすら何をすればルイズが泣くのかばかりを考えて、実行に移していた。

カエルが苦手だと聞けば、箱の中にカエルを入れてプレゼントしてみたり、物陰から脅かしてみたり、タマネギを切るように仕向けてみたりした。

それらすべてでルイズは涙を流したが、そのどれに対してもあのときと同じような激しい熱をアランが感じることはなかった。もちろん彼女が泣いている姿に見とれてはしまうのだが、どこか言いようのない物足りなさがついて回った。

（なんでだろう……）

何が足りないのだろう。

正解があるのかわからない問いの答えを見つけようとするように、アランは更にルイズに対するイジワルを重ねた。

今から考えれば、子供が考える程度の悪さだったとはいえ、彼女にはかわいそうなことをしたと思う。ルイズは根気強くアランに付き合ってくれたし、笑顔を見せてくれたし、構ってくれたりもしたが、本当ならば嫌われても仕方がない所業だったと思う。

それ以外にもアランは自分を助けてくれたドミニクの良き息子になれるように研鑽を欠かさなくなった。しかし、それもどちらかと言えば彼への恩返し二割、ルイズの側にいるための努力八割という感じだった。

この頃のアランはまだ自分は両親に捨てられたのだと思っており、もしかするとこの家でも……と危機感を持っていた。だから〝義弟〟というルイズの側にいるための最適な位置を手放さないように立ち振る舞っていたのだ。

全部、全部、あのときと同じ涙を見るためだった。
ルイズの涙を――

様子が変わったのはそれから数年後のことだった。

『私ね。初めて男性に声をかけられちゃった』

ある日、ルイズは頬を赤らめながらそんな報告をしてきた。

当時のルイズは十歳になったばかりで、先日、社交界にデビューしたばかりだった。

声をかけてきたのは、優秀だと噂の伯爵家の長男。年齢は十三歳ということで、本当にお互いがその気なら、少し早いが婚約させてしまおうという話まで持ち上がった。

結局その話はルイズの『婚約なんて、まだ私には早いと思います』という言葉で流れてしまったが、アランはこの出来事をきっかけに焦り始めた。

だって、このままではルイズが自分の側から離れてしまう。

姉弟ということで彼女の側にずっといられると安心しきっていたが、恋人ができて、そいつと結婚するようなことになればルイズは家を出てしまう。

わかっていたはずの危機が身に染みて、よくわからない焦りが生まれた。

（それなら自分が義姉さんと――）

そこまで考えて『姉弟』という関係性が邪魔になることに気づいた。今まで自分たちを繋げていた絆が、鎖になって自分を縛ってくるように思えた。

——姉弟なんかじゃないのに。

(本当は、姉弟なんかじゃ……)

でもその思いが口をついて出ることはなかった。

だって、口にしたら最後、アランはルイズの家族にもなれなくなってしまう。

ただ一人の男として、彼女の前に立っても、きっとルイズは自分を選んでくれない。

あんなに可愛いルイズが、何もない自分を選んでくれるはずがない。

そんな彼ができるのは、邪魔、だけだった。

最初はルイズに男を近づけないようにした。だけどそれにも限界があって、幼なじみのジルやローランなどはどうやっても家にやってきてしまう。

それならばせめて二人っきりにさせないようにしたのだが、やっぱり完全に防ぐのは難しく、二人が同時に遊びに来た日などはどうやってもどちらか一人をルイズが相手にする形になってしまっていた。

特にジルの方が厄介だった。ジルは明らかにルイズに気があるようで、彼女に花をプレゼントしているのを何度か見たことがあった。

自分が越えられない一線を易々と越えているジルを見て、何度二人の間に割って入ろうとしたかわからない。

それでも耐えていたのは、ひとえにこんなことでルイズに嫌われたくなかったからだ。

それに、結局は奥手なジルがそこまでルイズに迫ることはないと、軽んじていたからだ。

だから、それを見たときは衝撃だった。

ルイズの頬を涙が滑っていた。

彼女はひっくひっくと何度もしゃくり上げながら、ジルの膝に自分のハンカチを巻いていた。

『大丈夫？』『痛いよね』『すぐにお医者さんに診せてあげるからね』

その言葉と状況に、ジルが転《こ》けて怪我をしたということだけはわかった。けれど、ハンカチに滲んだ血の量を見る限り、たいした怪我はしていないのだろう。

ジルは頬を赤らめながら、されるがままになっている。

(あれだ)

(僕が見たい涙は、あれだ)

そんな確信はあるのに、喜びはやってこない。達成感も、興奮も。

胸を満たすのは、焦りと苛立《いらだ》ちが混ざった言いようのない感情だけ。

アランは気がついたら拳を握り締めていた。喉がひどく渇いてしょうがない。

それからのことはあまり覚えていない。きっと、表面上は良い義弟を演じながらジルを屋内に連れていくのを手伝って、彼のことを心配し、屋敷から送り出すというところまでやったのだとは思う。

けれど、覚えていなかった。何も。本当に何も覚えていなかった。

覚えているのは、ルイズのこの言葉から――

『怪我、たいしたことがなくて良かったわね』

『……そうだね』

なんとかそれだけ答えて隣を見ると、彼女の目尻に光るものがあった。

それが涙だと理解した瞬間、何かが自分の中で爆発した。

『……どうして』

『え？』

『どうして義姉さんは泣いてるの？』

初めて彼女の涙に見とれた瞬間と同じ言葉が口から溢れていた。しかし、腹の奥にあるのは、逆の感情。それは怒りと表現するのが近いような気がした。

『えっと』

『あれは、ジルが勝手にはしゃいで転けただけでしょう？　義姉さんが泣く必要なんてないと思うけど』

『でも、だって、とても痛そうだったわ』

傷のことを思い出したのか、ルイズの目元が更に濡れた。

その涙はやっぱり、アランが欲しかった涙そのもので――

『なんで……』

『アラン？』

『なんで！　僕はこんなにも――！』

その感情は、八つ当たりと言うにしても幼稚で稚拙でどうしようもなかった。

突き詰めて考えれば『羨ましかった』というだけの激情は、頭の中を黒く焦がしていく。

『義姉さんなんか大っ嫌いだ！』

口をついて出た言葉は、自分の想いとは真逆で、だけど本心でもあった。

アランは荒くなった呼吸を整えて、下唇を噛みながら震える身体を落ち着かせる。

このときになっても、アランは自分のことしか見えていなかった。

それがわかったのは、彼女の洟を啜る音を聞いてからだった。

『ルイ……ズ』

やってしまった。

アランにわかるのはそれだけだった。

ルイズは泣いていた。悲しげに眉尻を下げながら、まるで身を引き裂かれたかのような
痛々しい表情で泣いていた。

『ご、ごめ――』

『ごめんなさい。アラン』

謝る言葉を先に奪われて、なんと言っていいのかわからなくなった。

それでもなんとか唸るように『ごめん』と吐き出せば、彼女は頭を振った。

ルイズは顔を手で覆い、うずくまる。そんな彼女にかける言葉が見つからず、アランはもう一度『ごめん、義姉さん』と頭を下げた。

涙を流すルイズを見て、こんな気分になるのは初めてだった。

そこには熱も興奮も劣情もない。ただただ申し訳なくて、死にたくなっていた。

『本当に、ごめん……』

そう言って頭を下げながら、アランはルイズと距離を取ることを決めた。

ルイズのことを傷つけることしかできない自分なんて、側にいてはいけないと思ったのだ。

何よりもう――

(こんな涙は見たくない)

そう思ってしまったからだ。

それからアランはルイズに近づかなくなった。言葉をかわすのも最低限。

ルイズはそれでも根気強く話しかけてくれていたが、ルイズが近づいてくる倍の速度で彼女から遠ざかった。時には強い言葉で拒絶を示したり、冷たい態度をとったりすることもあった。

触った場所を払い、伸ばしてきた手をはねのけたりするのは良心が痛んだが、アランにとってそれは彼女を傷つけないためでもあったし、どうやっても実らない自分の気持ちに折り合いをつけるために必要なことでもあった。

要するに、離れていればこの欲求が薄れると思っていたのだ。

だけどそれも無駄な努力だった。どれだけ離れていようと、アランの欲望が収まることはなかった。

ルイズの涙が見たい。

また同じように涙を流してほしい。

だけど、彼女のことを傷つけるような真似はできない。

だから、アランは『涙なくしては読めない』と評判の本を探してきては、屋敷の中の図書室に置くようになっていた。

読書家の彼女がそれらの本を読んで涙を流しているのを見るのが、アランが生きていく上での密かな楽しみであり、生きる目的になっていた。

「諦めていたのに……」

アランはこれまでのことを思い出しながらそう独りごちた。

「諦めていたのに……な」

性懲りもなくルイズに近づいてくる男を密かに排し、湧いてくる見合いを潰しながら、それでも諦めていた。

ルイズは綺麗で、可愛くて、色っぽくて。だから、こんなふうに邪魔していてもいずれ他の男にかっさらわれるのだろうと思っていた。

それか、自分の悪行に気がついて、嫌われるだろうと。

現に、養父であるドミニクにはルイズの見合いを邪魔していることは早々にバレてしまった。

『お前は義姉に幸せになってほしくないのか？』

怒るわけでもなく困ったようにそう言って、ドミニクは眉を寄せた。

アランはそんな彼にどう返すか迷って、結局『僕は彼女のことを義姉だと思ったことはありません』とだけ告げた。

その答えになっていない答えをどう取ったのかはわからないが、ドミニクがそれらに怒ることはなく、それどころか『わかった』と一つ頷いてルイズに縁談を持ってこなくなった。

きっと縁談を持ってきたところで、アランに邪魔されると悟ったからかもしれない。結局、ドミニクが持ってこなくなった分、ルイズの伯母が縁談を持ってきたので、状況としてはあまり変わらなかったが。

ともかくアランは諦めていたのだ。ルイズとの未来も。自分の願いも。もうどうでも良かった。生きることも。何もかも面倒くさかった。

なのに、ルイズが手に入る方法が見つかってしまった。幸運が降って湧いてきた。

レオンの訪問は決して喜ばしいことばかりをもたらさなかったし、正直これもこれで面倒くさいとも思ってしまったけれど、それでも彼女のことを縛っておける鎖が見つかったのだと思えば、喜ばしいことだった。

「ルイズ、ルイズ、ルイズ」

赤く染まったルイズの目尻を思い出しながら、アランはそう何度も彼女の名前を口にした。

誰の泣き顔でもいいというわけではない。彼女の泣き顔だけが自分を興奮させる。

「んっ」

思わず手を伸ばした身体の中心は、もうこれ以上ないというほどにパンパンに膨れ上がっていた。指先で触れると、頭の中心に電気が走る。

アランはズボンをくつろげさせ、熱く、硬くなった己の杭を上下に擦る。目を閉じれば、彼女の泣き顔が瞼の裏に映し出された。

「ルイズ――」

そう呟くと同時に、彼女の涙を拭った舌先が甘く痺れた。

自分でも最悪だと思う。彼女は、こんなふうに欲望のはけ口に使われていい人間ではない。でも、彼女の泣き顔じゃないとイけない。吐き出せない。

ルイズのことは好きだ。けれど、これが世間一般の恋人たちに適用される『好き』かどうかはわからない。愛と劣情の区別がまだつかない。

「ルイズ――」

それでもアランにはルイズが必要だった。手を伸ばせば届くとわかってしまえば手を伸ばさざるを得ないほどに、彼女のことが必要だった。

「んっ――」

滲んできた先走りが手を動かすたびにちゅくちゅくと水音を立てる。

まるで唾液を嚙むように歯を食いしばれば、彼の雄はますます硬くなった。

息が上がり、興奮が高まる。

「――ルイズ」

アランは彼女の涙を思い出しながら、欲にまみれた白濁を手に放った。

第二章

「ぜんぜん、眠れなかった……」

アランのとんでもない告白から逃げ出した翌朝、ルイズはベッドの上でそう呟いた。

ベッドに横になったまま窓の外を見れば、先程までまだ暗かったはずの空が白み、小鳥が楽しそうに囀り合っている。

ルイズはいつもよりもずっと重たい身体を起こし、頭を抱えた。眠たいのに、目は妙に冴えていて、だけどやっぱり頭には靄《もや》がかかっているようだった。

ルイズが眠れない原因。それはもちろん昨晩のアランとのやりとりだった。

『義姉さんが結婚できなかったのは僕のせいだよ』

『僕は義姉さんと家族だなんて思ったことは一度だってない』

『甘いね』

頭の中に現れては消えるアランの言葉たちに、ルイズの頬はじわじわと赤く染まる。

(アランが何を考えているかわからないわ……)

ルイズはそもそも誰かの心の中や言葉の裏を読むのが得意というわけではない。どちらかと言えば苦手な方だ。しかし、それでもここまで困ったことはない。アランの考えの不可解さは、それぐらい別格だった。

だって、意味がわからない。

昨日の昼間までは冷たかったのに急に優しくなったり、『義姉さんは可愛い』と言った同じ口で『家族だなんて思ったことは一度だってない』と突き放してみたり、ルイズと結婚すると言っておきながら、ルイズの泣き顔を見て、嬉しそうに頬を緩ませたり……

そして最後の――

『義姉さん。僕は義姉さんの泣き顔がすごくすごく大好きなんだ』

あの言葉の意味。

「それに、結婚の邪魔までされていただなんて……」

アランの言っていたことが本当かどうか、ルイズは知ることができない。けれど、彼の表情と声色は嘘をついているとは到底思えないものだった。

「でもなんで、結婚の邪魔なんて……。やっぱり、そこまでするほどに、私のことが嫌いだから?」

しかし、アランはルイズのことを『可愛い』と言っていたはずだ。

けれど、同じ口で『泣き顔が大好き』とも言っていた。

「あぁ！　もう！」

ルイズはガシガシと頭をかきむしる。

本当の、本当の、本当に！　アランが何を考えているのかわからない。

――そのときだった。

「ルイズ!!」

突然、部屋の扉がとんでもない音を立てて開いた。

きっと声の持ち主は叫んだという気はないのだろうが、耳を刺した声は大声と呼んでも差し支えないほどに爆発的だった。

「お兄様!?」

ルイズは声のした方向に顔を向けると同時に、そう言った。

そこには案の定、兄のジャン・シュベールがいる。

彼はシュベール家の嫡子であるにもかかわらず、ドミニクの仕事を手伝うことなく、幼い頃からの夢だった軍部で働いている。

それは、ドミニクが殊更子供たちに甘く、彼らのわがままをなんでも聞いてしまうのと、ジャンの代わりにドミニクの仕事を手伝っているアランがあまりにも優秀だから成り立っているせいでもあった。

ある程度軍部で働いたら領地経営の方も勉強すると言っているが、今のところ帰ってくる様子はなさそうである。

「お兄様、どうしてここに？　明日の晩まで宿舎に泊まり込みのはずでは？」

「職場には無理を言って休ませてもらった！　それよりも聞いたぞ！」

女性の部屋だということを忘れているのだろう、ジャンは大股で彼女の側まで歩いてくると、やっぱりデリカシーのかけらもない大声を出した。

「アランと結婚するって本当か⁉」

肩を摑まれながらそう聞かれ、ルイズは固まった。言葉を失くしているルイズを置いて、ジャンはただでさえ大きな声を更に大きくした。

「しかし、まさかアランが王族だったとはなぁ！　昔から妙に上品なやつだとは思っていたが！」

「お、お兄様。少し声を落としてください！　あと、お兄様はどこまで知ってらっしゃるの？」

「父上から、ある程度はな！　いやぁ、でもまさか、父上が今は亡きローラ様と親友だったのは、驚いたな！」

ローラというのはアランとレオンの母親だ。お目通りを許されたことはないが、数年前に病を患って亡くなってしまったというのは、ルイズも知っていた。

（親友だったから、アランを託されたのね）

　この感じから考えるに、もしかするとジャンはルイズの知らないことまで知っているのかもしれない。

　ジャンはどこか嬉しそうな顔で身を乗り出した。

「で、本当なのか⁉　アランと結婚するのか⁉」

「アランとレオン様はそのつもりみたいだけど……」

「そうか！　それはめでたいことだな！」

「めでたい？」

「結婚が決まったんだ。めでたいことだろう！」

　さも当然とばかりにそう言ってのけるジャンにルイズは「ちょ、ちょっと待って！」と困惑の声を上げた。

「結婚って言っても、相手はアランなのよ⁉　アラン！」

「血が繋がっていないのなら何も問題はないだろう？」

「も、問題大ありよ！」

「何が問題なんだ？」

「それは……」

改めてそう問われると、口ごもってしまう。

確かに傍から見れば、二人の関係は何の問題もないのかもしれない。

レオンも言っていたように、アランとルイズの関係は『殺されたと思われていた元王子様』と『彼を匿っていた恩人の娘』だ。二人を応援する者はいるだろうが、反対する人間はなかなかいないだろう。人によっては、くっつくのが当然だと考えるかもしれない。

「父上はこんなこともあろうかと戸籍の方はいじってなかったみたいだしな。まぁ、アベルだったときに一度鬼籍に入っているだろうから、その辺はどうやってもいじらないといけないらしいが、それもまぁなんとかなるみたいだしな！」

「なんとかなるって。で、でも！　ほら、感情とか……！」

「感情？」

「結婚するんだから、お互いそれなりに想い合っているべきでしょう？　恋愛的な意味でなくても、結婚してもいいと思えるぐらい相手のことを好きでなくっちゃ！」

ルイズの言葉にジャンは腕を組んだまま首を傾げた。

「つまり、お前はアランと結婚するのが嫌なのか？」

「私じゃなくて、アランが――」

「それこそ、アイツの気持ちは前々からわかりきってたろ？」

「だ、だから問題なんでしょう!?」

「何が問題なんだ？」

本当に不思議そうにそう返されて、口がぽかんと開いてしまう。

もしかしてジャンは、嫌われている相手に嫁いでも妹が幸せになれると思っているのだろうか。

いや確かに、このままいけばルイズは王族の仲間入りで、彼女の子供がいずれ王位を継ぐのだろう。しかし、それを幸せだと思うかどうかは人によるだろうし、少なくともルイズはそれらにそこまでの魅力を感じなかった。

（しかも、王宮にいい思い出ってないのよね……）

実は、ルイズは一度だけ王宮に赴いたことがある。

あれはルイズが十歳の頃、突然王宮からお茶会の招待状が届いたのだ。

その頃はまだ、王宮というものにそれなりの憧れを持っていた。だって、王宮は物語の中に出てくる王子様が住んでいたり、お話の舞台だったりするところだったからだ。

キラキラしていて、楽しそうで、素敵な場所。

自分を物語の主人公にしてくれるかもしれない場所。

あの頃のルイズにとって、王宮とはそういう場所だった。

だから『行かなくていい』というドミニクに無理を言って、ルイズはお茶会に参加させてもらったのだ。

お茶会に招かれていたのは、ルイズとあまり年齢の変わらない女の子ばかりだった。人数は二十名ほど。もちろんだが、どの子も由緒正しい貴族の令嬢で、見た目や所作からも華やかさが滲み出ていた。

けれど、ぱやぱやと楽しそうな雰囲気を漂わせているのはルイズだけで、彼女たちはどこか張り詰めたような空気をまとっていた。

その理由は、お茶会が始まってすぐ判明した。

そこは、女の戦場だったのだ。

最初は穏やかなものだった。ピリピリとした空気を放ちながらも、皆微笑みながら、円卓を囲んでいた。

しかし次第に自身の自慢話が多くなっていき、それが高じてマウントの取り合い、そして最終的には罵《のの》り合いにまで発展した。

家名の嘲り合いは当たり前のこと、次に互いの容姿や性格、言葉遣いから、カップを持つ指先一つに至るまで、彼女たちは互いに互いを否定し合った。やがて親兄弟どころか親戚の醜聞にまで話は及び、ルイズは円卓の片隅で一人小さく震えていた。

ルイズはこのとき初めて、罵り合いというものが決して乱暴な言葉のみで行われるものではないということを知った。上品な言葉を使い、一見穏やかに会話しているように見せて、相手を否定する。

怖かった。ものすごく怖かった。

しまいには激昂した令嬢が相手に向かって紅茶をぶちまけて、乱闘騒ぎに発展。

慌てて制止されるも、そのままお茶会はお開きになった。

あとから知ったのだが、どうやらあれはレオンの婚約者を決めるためのお茶会だったらしい。お茶会そのものは王宮の庭園で行われたのだが、実は給仕をしていた人間の中にルイズたちに評価をつけていた者がいたらしく、ルイズ以外の人間は全員それを知っていて、ライバルを蹴落とすために振る舞っていたというのだ。

あとから思い出しても、あれは血で血を洗う女の戦いだった。

（あのお茶会自体も怖かったけれど、そもそもああいうことをやらせるって話が嫌だし、怖かったのよね……）

しかも、王宮に行くということはあの血で血を洗うような女の戦いを勝ち抜いた現王妃に会うということなのだ。それを考えるだけで、身の毛がよだつ。

（そもそも私、陰謀とか謀略とか、そういう腹の探り合いとか苦手なのに。そんなところへ連れていこうとするなんて、まるで嫌がらせみたい……）

身震いをしながらそんなふうに考えていると、昨晩のアランの嬉しそうな笑みが脳裏に蘇った。

その表情に、ルイズが泣いているにもかかわらず、彼は本当に嬉しそうに――

ルイズははっと顔を跳ね上げた。

「もしかして、これもアランの嫌がらせだったり!?」

「は?」

怪訝な顔をしたのは、ジャンだ。彼は意味のわからないことを言い始めた妹をじっと見つめている。

「そうよ! そうに決まっているわ! それなら嫌っている私と結婚しようとしているのも納得だわ!」

「お前、何言っているんだ?」

「だから、アランが嫌がらせで私と結婚したいって言い出したのかもしれないって——」

「いや、そんなわけないだろう?」

ぴしゃりと言われ、ルイズは狼狽《うろた》えた。

ジャンは珍しく何か考え込むような難しい顔で、額を押さえている。

「お前。もしかして、アランが自分のことを嫌っていると思ってるのか?」

「そうよ? お兄様も言っていたじゃない。『アランの気持ちはわかっていた』って」

「あれはそういうことじゃなくてなぁ……」

ジャンは何か言いたそうな顔で頭をガシガシと掻く。そしてしばらく考えたあと、「まぁ、これはアランも悪いか」と呟いた。

ジャンはルイズの肩を両手で摑むように叩いた。そして、にっと歯を見せる。

「よし。それじゃお前ら、二人で出かけてこい！」

「へ!?」

「王都に行ったら、しばらく外には出れないぞ？　今のうちに自由を満喫しておけ！」

「それはそう……だけれど」

「それに、お前たちには話し合う時間が必要だ！　俺はそう思う！　うん！」

勝手に話を進めつつ、ジャンは何度も大きく頷いた。

そうして、つま先を扉の方へ向ける。

「アランには、俺から言っておくから心配するな！　出かける日取りも俺に任せておけ！」

「ちょ、ちょっと！」

「それじゃ、早速約束を取り付けてくるからな！」

「まっ――」

ジャンはルイズの制止を聞くことなく、そのまま意気揚々と部屋から出ていく。

残されたルイズは開け放たれたままの扉を見ながら深くため息をついた。

「もう、お兄様ってば、強引なんだから……」

◆◇◆

ジャンが機会を設けてくれたのは、それから二日後のことだった。

話を聞くに、知り合いから急遽行けなくなったオペラのチケットを譲ってもらったらしい。チケットを見れば、歌劇場の中でも一番高いボックス席で「本当にこんないい席譲ってもらったの!?」とルイズは思わず声を上げてしまった。

どうやらジャンも席のことは知らなかったらしく「そんなにいい席だったのか!?」と目を丸くしていた。

更に驚いたのが、ジャンがもうアランから了承を得ていたということだった。

だってそうだろう。当然、ルイズは断られると思っていたのだ。

アランは決して口数が多いタイプではないが、嫌なことは嫌だと言える人間だ。相手に遠慮して渋々……なんてことは決してなく、一度断ると決めたら梃子《てこ》でも動かない強情さがある。

だから、いくらジャンに頭を下げられてもルイズと出かけるなんて真似は、絶対にしないと思っていたのだが……

(やっぱり、アランの考えていることはわからないわ……)

ルイズは部屋の中でほぉっと息を吐き出した。

アランとはあの夜から顔を合わせていなかった。別に顔を合わせにくいとか、避けているのではなく、単純に彼が忙しかったのだ。

どうやら、王宮に戻るのにもそれなりに手続きが必要らしく、アランはドミニクと一緒に四六時中いろんなところに挨拶に行ったり、書類を書いたり、客を出迎えたりしていた。なので、朝食も夕食も彼は食事室の方へ顔を出していなかったのである。

「いいのかしら。あんなに忙しいのに私なんかと出かけちゃって」

そう言った声が少しだけ弾んでしまったのは、なんだかんだと言いつつ、このお出かけが楽しみだったからだ。

ルイズとアランは二人っきりでどこかに出かけたことはない。仲の良かった頃は幼かったこともあり二人でどこかに出かけるということはなかったし、二人で出かけられる程度の年齢になる頃には互いに距離を取っていた。

ルイズはオペラに着ていくためのドレスを選ぶべくクローゼットを開いた。

（アランはどんな服を着てくるのかしら……）

できれば色ぐらいは合わせていきたいけれど、そのためだけに彼の部屋を訪ねるのは気が引けた。それに、意気揚々と部屋に訪ねていって『やっぱりオペラには行かない』なんて断られでもしたら、ちょっと――いやだいぶ、落ち込んでしまう。

ルイズは持っているものの中で一番気に入っているオレンジ色のドレスを手に取った。色が合わせられないのなら、せめてアランが連れていても恥ずかしくないように自分を飾るべきだろう。

アランは否定してくれたが、自分がアランの隣に立つとやはり不釣り合いだ。自分がチラチラと見られたり笑われたりするのはまだいいが、アランにまで恥ずかしい思いはさせたくなかった。

（これ以上、嫌われたくないものね）

そう思ったとき、不意にジャンの言葉が脳裏をよぎった。

『お前たちには話し合う時間が必要だ！　俺はそう思う！　うん！』

ジャンほど楽観的には考えられないが、もしかしたら今回のことがきっかけで、少しぐらいは彼の考えていることがわかるかもしれない。そしてもし、やっぱり本当に嫌われているのなら、関係を改善させることだってできるかもしれない。

（子供の頃のように……とまではいかないかもしれないけれど）

せめて睨《にら》まれるようなことがなくなれば嬉しいな、とルイズは思っていた。

（それに、仲良くなったら、結婚のことだって考え直してくれるかもしれないし……）

ルイズは、アランが嫌がらせをするために自分と結婚したいと言い出した、と本気で思っていた。

嫌っているから結婚したい……なんて、ルイズだって矛盾している考え方だと思う。少なくとも彼女の感覚ではありえない。

しかし、アランはルイズの泣き顔を『大好き』だと言ったのだ。それほどに嫌いなのだ。

ルイズのことをものすごく嫌っていて、彼女の嫌がることをするのが彼の喜びになっている、とかなら、まったく理解できない感情というわけではない。

それに、アランの言っていた『相手ぐらいは自分で選びたかった』というのも嘘ではないのだろう。元々、アランに女性の影はなかったし、『誰でもいいならこいつに嫌がらせをしてやろう』とか考えてルイズを結婚相手に指名したのであれば、ありえない話ではないかもしれない。

「なんか、考えれば考えるほど、私絶望的に嫌われている気がしてきたわ……」

ルイズは肩と声を同時に落とした。しかし、それも数秒のこと。彼女は顔を跳ね上げて、まるで自分を鼓舞するように声を張った。

「ダメダメ！　弱気になってちゃ！　こういうのは気合いが大事なんだから！」

今までは、これ以上嫌われたくないという思いから彼に近寄らないようにしてきたが、こうなってしまった以上、積極的に行動するべきだろう。

アランと仲良くなれば、今ルイズを悩ませていることが大体解決するのだ。

それに――

「やっぱり結婚は、できるだけ好きな人とするべきよ」

貰い手がなかなか見つからないルイズはともかく、アランは絶対にそうするべきである。

自分などと嫌々結婚して、彼が幸せになれるはずがない。

アランを幸せにできる女性は他にきっといる。

そう思った瞬間、心臓がきゅっと縮こまったような気がした。

痛みを無視して、ルイズは気合いの入った声を出す。

「こうなったら、アランととことん仲良くなってやるんだから！」

ルイズの中で『アランと仲良くなろう大作戦』が始まった瞬間だった。


——のだが……

(アランと仲良くするって、一体どうすればいいのかしら？)

その晩、ルイズは馬車に揺られながらため息をついた。

顔を上げれば、目の前ではいつもより着飾ったアランが窓の外をじっと眺めている。

髪の毛と同じ色のジャケットに、胸元のクラヴァットを留める紫色の宝石。シャツもスラックスもノリが利いていて、今回のためにおろしたのだろうことが一目でわかった。長かった前髪は片側だけ後ろに撫でつけられており、彫刻のように整った顔がいつもよりあらわになっていた。

(これは女性たちが放っておかないわよね)

月明かりに輝らされたアランの横顔はどこか妖艶で、この世のものとは思えない美しさがあった。悪魔的と言えばいいのだろうか、気を抜くと魂を持っていかれそうな雰囲気をまとっている。

そんなふうにじっと見つめていたからだろう、不意にアランと目が合った。

彼は窓に向けていた視線をルイズに向けて、いつになく優しく微笑んだ。

「どうしたの、義姉さん？　僕の顔に何かついてる？」

そう小首を傾げられ、ルイズは「え？」と声を上ずらせた。

（どう答えるのが正解かわからない……）

というか何なのだろう、この優しい笑みは。目の錯覚だろうか。

ルイズはしばらくもごもごと口を動かしたあとに、思っていたことを正直に吐露した。

「いや、今日のアランはかっこいいなぁと思って」

そう言ってすぐに、言葉選びを失敗したことに気がついた。

何年も一緒にいたからわかる。次のアランの言葉は「そう。それで？」だ。それにまごまごしていると、「だからどうしたの？」が追い打ちで飛んでくる。

（あぁ、謝らなきゃ！　せっかく仲良くしようと思っているのに……！）

「今日の義姉さんも綺麗だよ」

「へ!?」

まさかの返答に、ルイズはひっくり返った声を上げた。

ほうけてしまっているルイズをよそに、アランは話を進める。

「それ、義姉さんが一番気に入っているドレスでしょ？」

「そ、そうね」

「もしかして、気合い入れてくれた？　ありがとう、嬉しいよ」

そう微笑まれ、ぼっと顔が熱くなった。

なんだか仲良くなろうとするまでもなく、アランの距離が先日まではまったく違うような気がする。

（なんか褒められたし！　お礼言われたし！　ずっと笑ってるし！）

レオンが来るまでのアランとはまるで別人だ。いや、幼い頃はこんなふうに親しげに話しかけてくれていたのかもしれないが、近年では稀に見る親密さである。

（待って、待って、待って！　そんな、服を褒めてもらったぐらいで、お礼を言われたぐらいで、笑いかけられたぐらいで、勘違いしてちゃだめよ！）

ルイズはアランとのこれまでのことを思い出しながら頭を振る。

きっと今はすごく機嫌がいいだけだ。すごくすごく機嫌が良くて、嫌いなルイズと仲良くしようとしてくれているだけなのだ。

（だけどアランの態度が軟化しているというのなら、今がチャンスよね）

ルイズはなけなしの勇気をかき集めて、こう申し出た。

「ア、アラン。今日は隣に座ってもいいかしら？」

緊張した面持ちでそう聞くと、彼は少し驚いたように目を二、三度瞬かせた。

「別にいいけど、どうして？」

「ど、どうしてって……」

また言葉に詰まった。ここで馬鹿正直に「仲良くなりたくて」と返してもいいものなのだろうか。これまでがあまりにも没交渉すぎて、何が彼の地雷なのかわからないのだ。

ルイズが返事に困っているのを察したのだろう、彼は尻を横に滑らせて隣にスペースを作った。そして、空いたスペースを軽く叩く。

「どうぞ」

これはさすがのルイズだってわかる。座っていいということだ。

ルイズは「ありがとう」と笑みを見せてから、彼の隣に座るため腰を浮かせた。

そのときだ。

馬車の車輪が石か何かを踏んだのだろう、車体が大きく跳ねた。

「きゃっ！」

「あぶっ！」

中腰になっていたルイズはそのままたたらを踏む。しかし、重心がアランの方に寄っていたのが良くなかったのだろう、踏ん張り切ることができずアランの上に倒れ込んだ。

そうして気がついたときには、アランの膝の上に座り込んでしまっていた。

ルイズは彼の首に腕を回したまま顔を青くする。

(お、怒られる――!)

「ご、ごめんなさい!」

慌ててアランから離れようとするが、それはなぜか腰に回ったアランの腕により阻まれてしまった。

「あの! アラン?」

「膝の上に座りたいだなんて、今日のルイズは積極的だね」

「は? ち、ちが――」

「ここから道が荒れるし、もうすぐ着くからこのままでいなよ。また転けて怪我でもしたら困るでしょ?」

やっぱりアランは微笑んで、そんな優しいことを言う。

彼の変化に戸惑いながら、ルイズは結局、会場に着くまでそのままの体勢で運ばれたのだった。


「わぁ!」

歌劇場に着き、席に案内されたルイズは、感嘆の声を上げた。

案内されたボックス席は、想像していたよりも、もっとずっといい席だった。正面に舞台があり観賞しやすいのはもちろんのこと、空間の真ん中においてある二人がけのソファは広い上にふかふかで気持ちがいい。

隣の席との間の仕切りも外側に出っ張っていてプライバシーが尊重されているし、最高級オペラグラスも常備してある。サービスで三十年もののワインが飲めるというのもびっくりした。

「こんないい席、初めてだわ！　お兄様に感謝ね！」

振り返りながらそう言えば、アランは口元に笑みをたたえたまま「そうだね」と頷いた。

「ところで、演目って何かしら」

ルイズはサイドテーブルの上に置いてあった演目表に手を伸ばす。

チケットを渡されたのが今朝ということもあり、準備やら何やらでバタバタしていてそこまで確認していなかったのだ。

木製の二つ折りの板を開けると、そこには箔押しの演目表が挟まれていた。それに目を通し、ルイズは「これって！」と喜びの声を上げてしまう。

「なんだった？」

「『ヴィオブール戦記』って書いてある！　しかも三巻と四巻の内容って――」

ルイズは興奮したように頬を赤く染めながら、はしゃいだような声を出した。

『ヴィオブール戦記』というのは、巷で女性たちを虜にしている小説である。

既刊は十五巻で、巻ごとに主人公が替わり、それぞれの視点から一つの戦争とそれにまつわる出来事が描かれている。

戦記とついているが、その中身は恋愛小説と言っても過言でないほどロマンスに満ち溢れており、ルイズは特に三巻の隣国の姫であるイザベルとその騎士であるクロードの主従を超えた恋愛模様が大好きだった。

最初は、わがままな姫と軽薄な騎士だと相手を誤解していた二人が、話を重ねるごとに互いを理解していき、心を通わせる。

そして三巻の最後でクロードはイザベルを守って死んでしまうのだ。

『あいしてる。イザベル』

『私もよ！　クロード！　だから、だから……！』

ルイズは片手で口元を押さえる。

思い出してしまったその台詞だけで、ルイズはもう泣いてしまいそうだった。

四巻ではイザベルが主人公となり、死んでしまったクロードにもう一度会うため旅に出るという内容だ。どこかにあるはずの死者の国を、ぼろぼろになりながら探すイザベルの姿に、ルイズは何度泣いたかわからない。

今回の演目ではどうやらそこまでやってくれるらしい。

「喜んでくれたみたいで、良かった」

そんな声が聞こえて、ルイズはアランの方を見た。そして、顔の近さにぎょっとする。演目表を後ろから覗き込んでいるアランは思った以上に近く、もう少しお互いに首を伸ばせばキスだってできてしまいそうな距離だった。

途端に頬が紅潮して、ルイズは慌ててアランから距離を取った。

（なんか、なんか、おかしい。やっぱりおかしい！）

馬車でも思ったが、やはりアランの態度が今までと違いすぎるような気がする。

今までだったらこんなふうに後ろから覗き込んでくるようなことはなかったし、半径一メートルの距離には絶対入ろうとしなかった。

話していても手を伸ばして届く距離にいる方が稀で、それどころか手を伸ばせばはたき落とされていた。まるで触れるなというように。

アランはアランなのに、ここまで態度が違うと、なんだか別人と接している気分だ。

「義姉さん、こっち」

そう呼ばれてもう一度彼の方を向くと、アランがソファに座っていた。彼はぽんぽんと隣を叩いている。その様子は馬車での彼を彷彿とさせた。

それは彼も同じだったのだろう、固まるルイズに「僕はまた膝でもいいけど？」と冗談を飛ばしてくる。

「こ、こっちに座ります！」

「どうぞ」

ルイズはおずおずと隣に座る。なんだか妙に気恥ずかしくて、できるだけアランに接しないように端っこに座ったのだが、アランが「それじゃ見えないでしょ？」とルイズの腰に手を回し、引き寄せた。

「ちょ――」

「ほら、始まるよ」

文句を言おうとした唇はそんな言葉で遮られた。同時に会場の灯りが落とされる。

舞台が始まったというのに文句を言う気にもなれなくて、ルイズはわずかに唇を尖らせただけで正面を向いた。

緞帳が上がる。

それと同時に重厚な管弦楽の演奏が会場内に響き渡った。


今にも降り出してきそうな曇天が二人を見下ろしていた。

周りにあるのは、おびただしい血と、数多くの骸。

先程までの戦をまったく感じさせない異様な静けさが包むその場で、イザベルは腹部から血を流すクロードを抱きしめていた。

腕の中に横たわるクロードの目は濁っていて、呼吸をするたび、喉がひゅうひゅうと嫌な音を立てる。

クロードの弱々しいテノールが会場内に響き渡る。

それと同時にルイズの頭の中では本の台詞が再生された。

『おれの、ことは、わすれてくれ……』

『そんな、クロード！』

『きみは、しあわせになってくれ。それだけが、おれの、ねがいだ』

クロードの唇の端が上がる。

もう目が見えていないのだろう、彼は自分の身体を支えるイザベルの腕を震える指先で辿り、彼女の頬へ行き着いた。

そして、血に濡れた手でイザベルの頬を優しく撫でる。

『あいしてる。イザベル』

『私もよ！　クロード！　だから、だから……！』

絶叫のような高いソプラノ。

その声を聞いているだけで、ルイズはもうだめだった。

（もう、限界――！）

ルイズの限界というのは涙腺のことだった。先程から必死に涙を流さないようにこらえているのだが、さすがにもうだめだ。これ以上は耐えられそうにない。

物語を知っているが故に、ここからどんなことが起こるのかを察してしまい、舞台の上に二人がいるだけで、視界に収まっているだけで、涙が出てくる。

(でも、こんな姿アランに見せるわけにはいかないわ！)

こんな涙でぐちゃぐちゃになっている顔なんてとてもじゃないが見せられない。汚すぎる。同性であり、寝顔を何度も見られているソニアにだって躊躇してしまうのだ。他の誰に見られても、アランにだけは見られたくなかった。

ルイズは我慢できずにソファから腰を上げた。

もうすぐ第一部が終了するので、なんとかそこまで見ていたかったが、これぱっかりはもうしょうがない。

「義姉さん、どうかしたの？」

ルイズが席を立とうとしたことに気がついて、アランはそう声をかけてくる。

そんな彼に「ちょっとお手洗いに行ってくるわね！」と告げ、ルイズは逃げるようにその場をあとにした。


そこからどう歩いてきたかわからなかった。

誰にも見られずに泣ける場所を探すのは結構大変で、本当ならば案内係にお願いしてサロンでも開けてもらえばいいのだが、そこまで大事にもしたくなくて、結局ルイズは廊下の端で目元にハンカチを押し当てていた。

そこが誰にも見られない場所だと思ったわけではない。ただ、涙腺が崩壊した場所がたまたまそこだったというだけである。

まだオペラが続いているからか、廊下には人はいない。ルイズはこれ幸いとばかりに、うずくまり涙を流した。

オペラは最高だった。これ以上ないほどに最高だった。

イザベル役の女優も、クロード役の俳優も、ルイズのイメージにぴったりだったし、本で読んだときよりも二人の感情の機微が伝わってきて、すごく良かった。

けれどそれ故に、クロードが死ぬシーンでは耐えられなかった。

序盤で二人が出会うシーンでもこれからクロードが死ぬとわかっていたからちょっと泣いてしまいそうだったのに。あれはもう、だめだ。

「大丈夫ですか？」

ルイズが壁の方を向きながら泣いていると、背中の方からそんな声がかかった。

ルイズは後ろを振り返り、顔を上げる。そこにいたのは、茶色い髪を後ろに撫でつけた若い男だった。

着飾っているところから見て、きっと客なのだろう。

彼はルイズの顔を見てはっとした表情になる。

「大丈夫ですか？　お身体でも悪いのですか!?」

「いえ！　あの、へ、平気です！」

ルイズは慌てて涙を拭いながらそう答えた。

散々泣いたからか涙はもうほぼほぼ収まっており、彼に対してもなんとか笑みを見せることができた。

男性はしばらく何か考えたあと、口元に優しい笑みを浮かべた。

「そこのテラスで一緒に休みませんか？」

「あ、いえ。私は一人でも――」

「実は妹を連れてきたのですが、途中で喧嘩をしてしまって。なので一人で帰ろうと思っていたところなんです。だけど、公演途中に男一人で帰るのはちょっと目立つでしょう？なので、もし良かったら付き合っていただきたくて……」

「えっと……」

ルイズは返答に詰まる。

もしかすると彼は、ルイズが自分と同じように相手に先に帰られたと思っているのかもしれない。それが恋人か何かで、だから泣いていたのだと。

けれど実際には、アランは勝手に一人で家に帰っていないし、ルイズだって泣いた理由は舞台が良すぎたからだ。

アランがいるのに別の男性と二人っきりで過ごすというのは、さすがにアランに失礼だろう。

（でも、どう断れば……）

連れがいると言えば、そいつはどこだという話になるだろうし、そのせいでアランが何か言われるのも避けたい。あんなところでうずくまって泣いていたのはルイズが悪いのであってアランは何も悪くないのだ。

「とりあえず立ちませんか？」

そういって差し出された手に、自分の手を重ねた瞬間だった。

「……ルイズ」

身体の芯が凍ってしまうほどの冷たい声が、ルイズの背中に突き刺さった。

聞き覚えのある声に振り返ると、そこにはアランがいる。

「どこを探してもいないと思ったら、こんなところにいたんだね」

彼はどこか作りものっぽい微笑みを浮かべながら、こちらに近づいてきた。そして二人の重なった手を見て眉を寄せる。

「えっと」

「彼女は僕の連れなので放していただけますか？」

男の狼狽えたような声にアランはかぶせるようにそう言った。アランの迫力に気圧されたのか、男性はすぐさまルイズから手を放す。

ルイズが状況についていけずにオロオロしていると、アランは側に膝をつき、顔を覗き込んできた。その表情は先程と寸分たがわず、貼り付けたような笑みである。

「ルイズ、探したんだよ？　……もしかして泣いた？」

「わ、私は泣かしてないぞ！　彼女が勝手に――」

「わかっていますよ。それぐらい」

驚くほどの冷ややかな声で、アランがピシャリと男の言葉を制す。

まるで男の声さえもルイズに聞かせたくないというような態度に見えた。

（というか、アラン怒っている？　怒ってる……よね？）

確かにこんなに長く席を空けていたことは悪かったと思うが、でもここまで怒るようなことをルイズはしていない。……はずだ。

自信がないのは、やっぱりどこからどう見てもアランが不機嫌なのがわかってしまうからだった。

そんなことを考えていると、アランの手が膝裏に回った。突然の出来事に「へ？」と声を漏らすと、彼はそのままルイズを持ち上げる。

「ちょ！　ちょ！　ア、アラン!?」

「それでは失礼します」

足をばたつかせるルイズのことを無視して、アランはそう言って男性に軽く頭を下げた。

席に帰ってきたときにはもう第一部が終わり、休憩に入ってしまっていた。第一部と第二部では物語の舞台がまったく違うので、三十分以上休憩があるらしい。

明るい会場内に人々のざわめきがわずかに聞こえる。きっと第二部が始まるまで各々時間を潰しているのだろう。建物の隣にある庭園に軽食や飲み物が用意されているらしいので、そこに向かう人もいるはずだ。

アランはルイズをソファに座らせたあと、自分もその隣に腰掛けた。けれど会話をするということもなく、ルイズから顔をそらしたままじっとどこか一点を見つめている。その表情はレオンが来る前のアランに戻ってしまっているような感じがした。

(怒って、いるのよね)

読み取れたのは感情だけだ。その理由には思い至らない。

(理由がわからないのに、謝るのは、きっとだめよね)

謝るのは簡単だ。けれど理由もわからないのに謝ってもきっとアランは許してはくれないだろう。ルイズだって逆の立場ならきっとそうだからだ。

(なら、なんて——)

ルイズはしばらく考えたあと、「アラン」と彼の服の裾をついっと引っ張った。

アランはルイズの方を見る。

「アラン。あの、ごめんなさい」

「ねえさ……」

「貴方がどうして怒っているかわからなくて、ごめんなさい」

ルイズはまずそのことを謝った。

わけがわからないまま謝るより、その方がよほど誠実だと思ったのだ。

「貴方の気持ちをきちんと汲めなくてごめんなさい」

改めてそう言いつつわずかに頭を下げれば、アランのまとう空気がふっと軽くなったような気がした。ルイズが視線だけを上げると微笑むアランと目が合った。

「僕は怒ってないよ」

「でも――」

「本当に怒ってない」

困ったように眉根を寄せて、アランは身体ごとルイズと向き合った。

「そう、なの？」

「うん。これは……ただ単に、妬いたってだけで」

「やい、た？」

妬いたというのは、ヤキモチを、ということだろうか。

まさかここで何かを『焼く』という話にはならないだろうし、『焚《や》く』ということにもならないだろうから、おそらくは『妬く』で合っているのだろうが。

(さっきの男性に、アランが妬いた？　でもそれって――)

自分たちの間に起こり得る感情なのだろうか。だってそれは一般的に『好き』の先にある感情だ。根底に好意があるからこその、感情。

(アランは私のことが嫌いじゃない？)

でもそれならなんでルイズの泣いた顔が好きということになるのだろうか。

嫌いだからこそ、ルイズの泣いている顔が好きなのではないのだろうか。

「でも、そうだね。ルイズは悪いと思ってくれてるんだ」

「へ？」

「それなら、お詫びが欲しいな」

ルイズは「おわび？」とアランの言葉を繰り返した。

瞬間、頭の中で札束が舞った。それと同時に、ガラの悪い男たちがルイズに向かって『詫びいれんかい！』と大きな声で怒鳴り上げてくる。

ルイズはとたんに青い顔になった。

「わ、私、そんなに手持ちが……」

ルイズが狼狽えながらそう言うと、一拍ののち、アランが噴き出した。

「お金じゃないよ」

「それなら、何を……」

「何があるかな？　僕が喜ぶことしてみせてよ」

なぜかすっかり機嫌が良くなったアランが、どこか挑戦的にルイズの顔を覗き込んでくる。

「ア、アランが喜ぶこと？」

「うん。僕が喜ぶこと」

ニコニコ顔でそう言われ、ルイズは一層狼狽えた。

アランの気持ちがわからないからこうやって一緒に出かけているのに、喜ぶことなんてわかるはずがない。

（アランが喜ぶこと。アランが喜ぶこと。…………あぁもう！　全然わからない！　アランって何が好きなの!?　何したら喜ぶの!?）

ルイズが頭を抱えたそのときだった。ふと、数日前に聞いたジャンと彼の友人の会話が頭をかすめた。

瞬間、ルイズの頭の上にひらめきが落ちてくる。

（これなら――！）

「そんなに悩まなくてもいいよ。さっきのは冗《じょう》だ――」

「マッサージ！」

「ん？」

「マッサージしてあげる！」

ルイズの提案に今度はアランの方が目を丸くした。


ルイズは両手でアランの左手を包み込みながら、くにくにと手のひらを親指で押す。アランの手は思った以上にゴツゴツとしていて、これで本当にマッサージできているか怪しかったが、ソニアに教えてもらったマッサージがこれしかないのだから、仕方がなかった。

（お父様にしてあげたときは喜んでいたけれど……）

正面に座るアランはニコニコしていたけれど、マッサージが効いているようには見えなかった。

「というか、なんでこれで僕が喜ぶと思ったの？」

手を揉まれることに飽きたのだろうか、アランがそう問いかけてきた。

ルイズは必死に手をふにふにしながら口を開いた。

「前にね、お兄様がお友達と話しているのを聞いたのよ。隣町にあるマッサージ店がとても良かったってね」

「……マッサージ店？」

「うん。なんか、女の子しかいないお店みたいなんだけど、とっても気持ち良かったって！　なんか、上下に擦るのが上手だとか。上に乗ってもらうのが最高だとか言って、二人で興奮してたわ！」

「待ってルイズ！　そのお店って――」

「で、やっぱり男の人って身体が大きいからマッサージとか好きなのかなぁって……って、アラン？」

　そこで言葉を切ってしまったのは、アランの額に青筋が浮いていたからだ。

　表情は笑っているのだが、雰囲気はまったく笑っていない。

「ジャンにはあとでちゃんと言っておくね。ルイズの前でそういう話は絶対にしないでって」

「え？　あ……うん」

　ルイズは彼の言葉の意味を半分も理解しないまま頷いた。

　それからまた数分間揉み続けて、いい加減親指が痛くなってきたルイズは、一度手を止めて「ふぅ」と息を吐いた。

　それを見かねてか、アランが「大丈夫？　疲れてきちゃった？」と声をかけてきた。

「今度は僕がしてあげるから、後ろ向いて」

　その言葉に従いルイズが後ろを向くと、アランが肩に手を乗せてきた。

彼の体温にルイズがわずかに頬を赤らめていると、彼は両手の親指で首の下を押した。

ごきっ。

折れたかと思った。

（く、首が――）

それぐらい大きな音が体内で鳴った。けれど、まったく痛くなくて、それどころかちょっと――いやかなり気持ちがいい。

「ルイズ、意外とこってるね。痛くない？」

「痛くないわ。むしろ気持ちがいいというか……んぁっ」

口を開いていたからか、鼻にかかった声が漏れた。

アランはその声に一瞬だけ指を止めたあと、再び肩を揉み始めた。

「んっ、ぁ、ぁあ、きもち、い――」

「……ルイズ、ちょっとだけ口閉じててもらえる？」

少しだけ低くなったアランの声に、ルイズは「え？」と振り返る。するとアランは「お願い」と先程よりも笑みを深くした。

ルイズは両手で口元を塞いだ。声を漏らさないように意識するだけだと、どうしてもこぼれてしまうものがあるからだ。

（あっ、ん、ぁ）

気持ちがいい。すごく気持ちがいい。

お詫びにと始めたはずのマッサージを自分が受けながら、ルイズは必死に声を押し殺した。しかしやっぱり、どれだけ頑張っても声が溢れてしまい、それをアランに聞かせないように指の間をぎゅっと締める。

(でもこれ、くるし――)

そう思ったとき、アランの指先が首に触れた。それは先程とは比べ物にならないぐらい優しくて、油断していたルイズは手を放して「あっ！」と声を出してしまう。

「ごめん、痛かった？」

ルイズの大きな声にアランはそう言って顔を覗き込んでくる。

そして視線が絡んだ瞬間、彼は固まった。

アランの態度に、ルイズは慌てて口を開く。

「大きな声を出しちゃってごめんなさい！　あ、あの、全然痛くはなくて！　急に優しく触れられたから、なんというかびっくりしちゃって――！」

「ルイズ、あんまりそんな可愛い顔しないで」

「え？　可愛い顔？」

「涙目にならないでってこと」

そう言われて初めて、自分の目元が濡れていることに気がついた。きっとマッサージが気持ち良かったのと息がうまくできなくて苦しかったのが相まって涙が出てしまったのだろう。

(でも、また涙——)

アランがルイズに告げる言葉によく出てくる単語だ。

それに隠された意味があるかもしれないと、首をひねったそのとき、彼の低い声が耳元をかすめた。

「舞台を見て泣く君で我慢しようと思っていたのに……」

「え?」

ルイズは顔を上げてアランを見た。そしてわずかに目を見開く。

スイッチが入った、というのが正しい表現なのかもしれない。

アランは今までに見たことがないような妖艶な表情をしていた。口角を引き上げた唇には妙な艶《なま》めかしさがあるし、こちらを見下ろしてくる瞳には妙な色と隠しきれない熱がある。

(いや——)

見たことがないというのは嘘だ。ルイズは一度だけ見た。

ルイズと結婚したいとアランが言ったその日の晩。

屋敷の裏で、アランはルイズにこの熱い視線を向けていた。熱した鉄のような、触れてしまえばすべてが蒸発してしまいそうなほどの熱い視線。男というよりも本能を固めたような雄の視線。

（アランじゃない、みたい……）

　これまでアランがルイズに向ける視線はどこまでも冷たかった。温度なんてものを感じることはほとんどなく、だからルイズはアランに嫌われていると思っていたのに――

　そんな彼を見つめていると、アランの手が腰の方に回っていた。そのまま抵抗する間もなく抱き上げられ、彼の膝の上に座らされてしまう。

　ソファと平行になるような形で横抱きにされているルイズは、咄嗟に身体のバランスを取るため、アランの首へ腕を回した。

「ア、アラン!?」

「何驚いているの？　初めてじゃないんだから」

「それはそう、だけど――んん」

　甘い声が出てしまったのは、首筋にアランが唇を落としたからだ。

「ちょ、ちょっと！」

「僕らはもう結婚するんだから、このぐらいはいいでしょ？」

「私はまだ結婚するなんて――」

「ほら、静かにしないと。みんなの迷惑になっちゃうよ」

その声に周りを見れば、他の観客たちが席に戻り始めていた。もうすぐ第二部が始まるのだと理解した瞬間に、会場内の照明が落とされる。

「それとも、みんなにこんな可愛い声、聞かせる？」

囁くようにそう言われ、ルイズは必死に首を振る。声を出さなかったのは、今口を開けばとんでもない大声が出てしまいそうだったからだ。

「だったら静かにしてようね？」

まるで子供に言い聞かせるようにそう言って、アランは再びルイズの首元に顔を埋めた。ちゅくちゅくという水音と、首筋を這う生温かい感触が、アランが何をしているかをルイズに教えてくれる。

（さ、鎖骨を舐め――）

ゾクゾクと背筋を何かが駆け上がり、脳髄に電気が走る。かっと頭が熱くなり、視界がじわじわとぼやけてくる。

アランの大きな手が、ルイズの腰のあたりをゆっくりと這い、その刺激にまた身体に電気が走って、ルイズは下唇を噛んだ。

「こんなに見てきたのに、初めて気づいたな」

アランは胸元に唇を寄せて、ルイズにしか聞こえないような声を出す。

「ルイズがこんなふうに僕に泣かされてるの、すごく可愛い」

「え。泣かされ――？」

「今まで、怖がった泣き顔とか、驚いた泣き顔とか、いっぱい見てきたけれど、そういう気持ちがいいって泣き顔もすごくいいよね。……本当に可愛い」

「何、言ってるの？　さっきから、泣き顔、泣き顔って……」

「前にも言ったでしょう？　僕は君の泣き顔が好きなんだよ。大好きなんだ」

その言葉に蘇ってきたのは、確かに以前聞いたアランの台詞だった。

『僕は義姉さんの泣き顔がすごくすごく大好きなんだ』

もしあれが、『嫌い』という感情からくるものじゃなかったら。

もしあれが、本当に言葉通りの意味だとしたら。

そのとき、ルイズは太腿あたりに何か硬い感触を感じた。

それはアランの身体の中心にあるもので、ルイズにはないもので、性的に興奮したときにだけ存在感が増すもので……

ルイズの体温がこれ以上ないぐらいに上がる。

そこまで来てようやく、ルイズはすべてを理解した。

「あ、あれって本当だったの!?」

「本当だよ。本当じゃなかったらなんだっていうの？」

すべてが繋がった気がした。

アランはルイズが嫌いだから、彼女の泣き顔が好きなわけじゃない。

本当に、単純に、言葉通りの意味で、ルイズの泣き顔が好きなのだ。

少なくとも身体の中心が硬くなってしまうぐらいには――

「へ、変態！」

「知ってるよ」

事もなげにそう言って、アランはルイズを抱きしめた。

彼はそのままルイズの耳元で、蜂蜜のような甘ったるい声を出す。

「ルイズ、もっと泣いて」

その直後、スカートの裾からアランの骨ばった指が入り込んできた。

◆◇◆

（このまま純潔を奪ってしまおうか――）

ルイズの胸元に唇を落としているときにそんな最低な考えが頭をよぎってしまったのは、ひとえにあの男のせいだった。

自分が見るはずだった涙を先に見た、あの男。

自分が堪能するはずだった泣き顔を先に堪能した、あの男。

舐めるような視線をルイズに向けて、その手を取っていたあの男。

せっかくジャンに頼んでルイズにこのオペラのチケットを渡してもらったのに、こんなことになるだなんて思いもしなかった。今頃涙でぐちゃぐちゃになったルイズを見て最高の夜を過ごしているはずだったのに、アイツのせいでこんなことになった。

わかっている。これはただの嫉妬で八つ当たりだ。

それはわかっている。

わかっているけど、明らかにルイズに気があるような彼の表情が頭をよぎるたびに、ルイズの身体を無理やり開いて彼女を自分に縛り付けてしまいたい欲求が生まれるのだ。

こみ上げてくる欲望をなんとか押し殺して、彼女の白くて柔らかい肌に口をつける。

そして、彼女の太腿に手を這わせた。

「んっ」

恥ずかしいからか、気持ちがいいからか、声が出せないのが苦しいからか。

ルイズはアランが何か刺激を加えるたびに甘い声を出しながら目尻を濡らした。

(これはこれで、最高の夜だな)

快楽に濡れるルイズの瞳があんなに甘そうだなんて思わなかった。唇を噛む表情も、火照った皮膚も、敏感になった耳も。なんだか全部、美味しそうでたまらなかった。

「義姉さん、大丈夫？」

少しぐったりとしてきたルイズに声をかける。

自分で言っていて、何が大丈夫なのだろうと思った。ルイズがこうなっているのはアランのせいなのに、何を他人事のように、「大丈夫？」だなんて。

ルイズは小刻みに身体を震わせながら、また目の縁に涙を溜めた。

「だい、じょうぶ。だけど……」

「だけど？」

「恥ずかしい」

そうして、つぅっと涙が頬を伝う。その流星のようなきらめきに見とれて、アランは彼女の耳の裏に口づけを落とした。

（そうか）

そうか。嫌じゃないのか。恥ずかしいのか。

口元に笑みが浮かぶのを止められなかった。

アランはそこで自分の気持ちを知る。

ここまで強引に彼女に迫っておいて、求めておいて、アランはルイズに拒絶されるのが怖かったのだ。だからこそアランが用意したチケットを、自らの友人から貰ったということにしておいてほしいと言ってジャンに託した。『アランから貰った』という理由で出かけるのを断られたくなかったのだ。

「義姉さん、ごめんね」

その『ごめんね』にはいろいろな意味が含まれていた。

触ったことに対する『ごめんね』。

涙に興奮していることへの『ごめんね』。

そして、逃がしてあげられないことへの『ごめんね』。

アランの謝罪に、ルイズは赤い顔のまま、まるですねたように唇を尖らせる。

「アランのばか……」

目尻に涙を溜めたその顔があまりにも可愛くて、アランはルイズを抱きしめたあと、彼女の服をわずかに剝いて、その肩に嚙みついた。

第三章

王宮に向かうことになったのは、それから一週間後のことだった。

「ルイズ、アラン。二人ともたまには手紙を書くんだぞ」

ドミニクはそう言って屋敷の前で涙を拭く。

いつもより大きな黒塗りの馬車の前にはルイズとアラン、それとジャンがいた。

ドミニクは長兄に顔を向け、しっかりと頷く。

「ジャン、二人を任せたからな」

「あぁ、任せてくれ。父上」

ジャンはそう言って軽く胸を叩いた。

王宮に着くまでと着いてからしばらくは、ジャンが二人を護衛してくれることになった。

元々軍部から護衛の人間を連れてくる予定だったのだが、あまり多くの人間に事情を知られたくない王宮と、近親者が護衛する方がルイズも気が楽だろうというシュベール家の思惑が合致し、今回のような形になったのだ。

ルイズはドミニクと事情を知っている数人の使用人に見守られながら馬車に乗り込む。

扉を閉めると、馬車はゆっくりと動き出した。馬車の窓から外を見つつ、ルイズは大きくため息をつく。

「はぁぁ――」

アランとの結婚式はいつの間にか半年後に決まっていた。こんなに早く王宮に向かうのは、花嫁修業としての期間が必要だかららしい。

ルイズは貴族令嬢としての教育は受けているが、王族の仲間入りをするとなると、まだ覚えなくてはならないことがたくさんある。更に言えば、ルイズは次期国王を産む予定の女性なのだ。もしかすると、王妃と同等の教育がされるのかもしれない。

憂鬱だ。この上なく憂鬱だった。

わずか十歳で経験したあの血で血を洗う女の戦争は、ルイズに軽くはないトラウマを植え付けていた。あんな魔窟に今から飛び込まなくてはならないということが心底つらい。

(半年以内にアランから結婚取りやめの言質《げんち》をもぎ取らないと、私は一生あそこに住むことになるのよね)

正直それは勘弁願いたい。

しかし、現在アランに結婚を考え直してもらう手立ては持ち合わせていなかった。

だって、この婚約はアランの嫌がらせではなかったのだ。

アランはルイズのことを嫌っていないどころか、むしろ好きだという。大好きだという。

(ただし、泣き顔を――)

ルイズはアランの恍惚とした笑みを思い出し、背筋を震わせた。同時に噛まれた肩が熱を持つ。

あのときのアランへの感想を正直に述べるとするならば、ちょっと――いや、だいぶ気持ちが悪かった。だって正直、泣き顔に興奮するというのが意味がわからない。なんなら嘘じゃないかとさえ思うのだが――

『今まで、怖がった泣き顔とか、驚いた泣き顔とか、いっぱい見てきたけれど、そういう気持ちがいいって泣き顔もすごくいいよね。……本当に可愛い』

(アレはどう考えても嘘じゃないわよね……)

つまり、アランは本当にルイズの泣き顔に興奮する性癖を持っていて、彼女の泣いている顔を見るためにルイズとの結婚を求めたのである。

(この状況でどう結婚を白紙に戻してもらうっていうのよ……)

レオン――国王が了承している時点で、こっちに拒否権というものはほとんどないと言っていい。ドミニクならば多少は抵抗できるだろうが、彼にこの結婚を反対する理由はないし、家のことを考えるならばむしろ喜ばしいこととも言える。

なのでアランが「やっぱりルイズとの結婚はやめた」とかなんとか言い出さない限り、二人の結婚はこのまま何事もなく進んでいくだろう。

(アランと結婚、か……)

嫌悪感が湧かないのが不思議だった。いや、元々彼との結婚が嫌なわけではないのだが、それでも抵抗感がまったくないのが不思議だった。

その上、胸元に顔を寄せられたときだって、肩を噛まれたときだって、嫌な気持ちは一つもなかった。ただ恥ずかしくて、くすぐったくて、身体中が熱かった。

あんな感覚は初めてだった。押し殺していても声が出て、生理的な涙が溢れた。

(よかった。アランと馬車が別々で……)

火照った頬を煽ぎながらルイズは心底そう思った。

◆◇◆

「ようこそ！　待っていたよ二人とも！」

王宮に着いたのは、それから四日後のことだった。

到着した二人を出迎えたのは、両手を広げたレオンと数人の兵士と使用人。

まだアランのことは一部の者しか知らないらしく、華々しいお迎えということにはならなかったが、それでも国王自らのお迎えということで、ルイズには十分盛大だった。

そこから二人はすぐさま応接室に通された。

そこで初めて今後の予定を聞かされたのだが――

「レオン様の誕生祭で、ですか？」

「あぁ、ちょうどいいだろう？」

レオンが提案してきたのは、二ヶ月後にある彼の誕生祭で、アラン――アベル王子が生きていたことを公表するというものだった。同時にルイズとの婚約も発表する。

この二つを一緒に公にするのは、降って湧いたように現れた王弟に自分の娘をあてがおうとする貴族たちを牽制《けんせい》するためだという。

レオンに子種がないことは知られていなくとも、国王と王妃の間に子供ができていない現状は皆知っている。もしかすると二人の間には今後子供ができないかもしれない。それならば王弟の子供が――と考えるのは自然の流れなのだろう。

婚約者を発表したとしても、絶対に何人かはアランにちょっかいを出してくる。しかしそれでも、婚約を発表するのとしないのとでは、その数は雲泥の差になるらしい。

(なんだか、外堀を埋められている気がするなぁ……)

レオンの説明を聞きながら、ルイズはどこか冷めたようにそう思った。

彼の言っていることはわかるが、お披露目をされるということは皆に知られるということで、皆に知られるということは逃げられないということである。まだ半年間猶予があると思っていたが、実質二ヶ月になってしまった。

（この二ヶ月で、結婚取りやめ、勝ち取れるかなぁ……）

隣にいるアランに目を向ける。すると彼はにこやかな笑みをこちらに向けてきた。

この期に及んで、やっぱり何を考えているかわからない男である。

それからしばらく打ち合わせをして、二人は応接室を出ることになった。

二人の荷物はもう部屋に運び込まれているらしい。

「本当は王妃も君たちを出迎える予定だったんだけれどね。今日は少し体調を崩していて。ごめんね」

部屋を出るとき、レオンはそう謝った。

ルイズは「大丈夫です。王妃様によろしくお伝えください」と口にしながら、どこかほっとしたような心地でいた。

あの血で血を洗うような女の戦争を勝ち抜いた現王妃になんて正直会いたくはないからだ。

どんな女傑が現れるかわかったものではない。

「二人とも、本当に長旅ご苦労さま。しばらくはゆっくり休んでくれ」

最後にレオンはそう言って微笑んだ。

——のに……

「ということで。貴女には二ヶ月間で、こちらにある本をすべて覚えていただきます」

王宮に到着した翌日、ルイズは高く積み上げられた本の隙間からそう言った女性を見つめた。

女性は花嫁修業のためにルイズにつけられた家庭教師で、名前をエヴァと言った。

エヴァは茶色い髪を高いところでひっつめた壮年の女性で、もう気配だけでもおっかないことが伝わってくる。

ルイズはエヴァの迫力に及び腰になりながら、机の上の本のラインナップを見た。

地政学をまとめた本が三冊に、主要貴族の名簿が二冊。隣国の王族や貴族の情報をまとめた分厚い本が五冊重なっている隣に、自国と彼らとの歴史の本が……なんかいっぱい。

その他にも、他国との文化の違いを書き記した本や、他国の言葉で簡単な挨拶が書いてある本、他国のカードゲームのルールが書いてある本があったときは、ちょっと驚いてしまった。

「それと、マナーの方は問題ないと思いますが、ダンスの方はこれからみっちり仕込みますからね」

「え、ダンス⁉」

「レオン様の誕生祭で、踊られるんでしょう？」

そんな話は初耳だった。

詳しく聞いてみると、どうやら王族だけが踊って良い曲というものがこの世にはあるらしく、王宮で開催される舞踏会では必ず王族が最初にその曲を踊るというのだ。

今回はレオンの誕生日ということで、レオンが踊る予定なのだが――

「その相手が、私⁉」

「はい。本来ならば王妃様がお相手をされるのですが、今回は貴女のお披露目も兼ねていますからね。貴女がレオン様と踊ることにより、貴女を正式に王族に迎えるという儀式となります」

「儀式……」

「ですから、しっかりと練習に励んでくださいね！　本番でレオン様の足を踏んだりしたら、目も当てられませんから！」

ふんと鼻を鳴らしながら、エヴァは腰に手を当てた。

レオンの誕生祭でアランの婚約者だと発表される。

それだけでもうルイズ的にはいっぱいいっぱいなのに、更にダンスだなんて。しかも、相手はこの国の王。考えただけで目眩がしてくる。

（しかも、王族だけが踊っていい曲って何？　そんな曲、私、知らないんだけど——）

そこまで考えてはっとした。王族しか踊れない曲があるということは、王族にしか踏めないステップがあるということだ。それをルイズに教えようとするのならば、当然講師は

「あ、あの、つかぬことをお聞きしますが、ダンスを教えてくださる相手というのは……」

「ダンスのステップは王族の方のみに伝わるものです。そんなの、王妃様に決まっているじゃありませんか！」

当たり前のようにそう言って、再びエヴァはふんと鼻を鳴らした。

◆◇◆

『王妃様は東のホールでお待ちです。服装を整えたらすぐさま行くように！』

エヴァの台詞に送られて、その日の午後、ルイズは東のホールを訪ねた。

扉を開けるまではすごく緊張して、扉を開けてからはもっともっと緊張した。

だってそこには、白百合がいたからだ。

銀が織り込まれたような白銀の髪に、蛍石のような黄緑色の瞳。瞳を彩るまつ毛は、瞬

きをするたびに音がしそうなほど長く、肌は陶磁器のように白い。目鼻立ちは整っているというより、整いすぎており、動かなければ人形と見間違えてしまうぐらいだった。

人間というより花の化身という方がしっくりくる彼女は、ホールに入ってきたルイズを見てこれまた麗しく微笑んだ。

「貴方がルイズね。はじめまして」

彼女は椅子から立ち上がると、ゆっくりとこちらに歩いてくる。そして握手を求めるように右手を差し出してきた。それだけの動作なのに、他とは別格の気品を感じた。

（きっと、この人は戦っていないのね……）

王妃と聞いて、ルイズはどんな女傑が現れるのかと思っていた。

けれど、現れた女性はルイズが思っていたのとは真逆の人間だった。

きっと、彼女は一度も戦わなかった。いや、戦ったのかもしれないが、ルイズのいう意味での戦いは、おそらくしていない。

だってこの美しさに、気品に、勝負を挑もうなんて人間、なかなかいない。

無理だ。勝てるはずがない。それほどまでに彼女の存在感は圧倒的だった。

「私のことはエレーヌと呼んでね」

「あ、はい！　よろしくお願いします。エレーヌ様」

ルイズが白百合の手をおずおずと握る。すると彼女はそのまま指を絡ませて、笑みを深くした。もうそれだけで異性が恋愛対象であるルイズでさえも彼女に惚れてしまいそうだった。

「それでは練習、始めましょうか」

「は、はい！」

それからルイズは毎日のようにエレーヌとダンスのレッスンをした。

山のように積み上げられた本を覚えるのも大変だったが、体感的にはダンスの方がもっとずっと大変だった。

王族しか踊れない曲――クロンヌのステップは独特で、ダンスを少しかじってきただけのルイズには難易度がとても高かった。

そもそもルイズはこれまで社交の場にはほとんど出たことがない。アランのことがあったからだろう、ルイズの父であるドミニクはなかなか王都に近寄らなかったし、そういうお誘いがあっても大体断っていたからだ。

それでも年に一度ぐらいは舞踏会に顔を出していたのだが、彼女の相手を務めるのは大抵兄のジャンで、足を踏んでもステップが乱れても何も言われることがなかった。なので、家庭教師に教わる以外に、特にダンスの練習などもしてこなかったのである。

（わ、私、ダンスが苦手かもしれない――！）

ルイズはエレーヌからステップを教わりながら、そう確信した。

「はい。それでは少し休憩しましょう」

エレーヌが手を打つと同時に、ルイズはその場に膝をついた。

ダンスを教えてもらい始めて早一週間。ルイズはまったく上達していなかった。ステップは覚えられないし、スカートを払うときの足さばきだって注意される。視線はいつも足を確認するために俯いてしまうし、そのせいで姿勢が悪いと何度も練習を止められた。

それなのにエレーヌはいつも練習終了後には「なかなかに良くなったわね」と褒めてくれる。それが申し訳ないやらありがたいやらで、ルイズはすっかりエレーヌのことが好きになっていた。最初の苦手意識なんてものはもうどこにもない。

(なんか、本当に杞憂だったたな)

立ち上がりながらそう思ったとき、視界の隅で何かがふらりと揺れた。

それがエレーヌの身体だと気がついたルイズは、慌てて彼女に駆け寄る。

「だ、大丈夫ですか!?」

抱き寄せた身体は、思った以上に軽かった。その上、とても熱い。

きっと熱が出ているのだ。

「ちょっと待っていてください！　今人を――」

「いいの」

荒い呼吸を繰り返しつつも、エレーヌは断固として譲らなかった。彼女の細くて長い指はルイズの手首をぎゅっと握って放さない。

ルイズが諦めたように身体から力を抜くと、エレーヌはやっぱり麗しく、そして儚く微笑んだ。

「ルイズ、ごめんなさいね。もし良かったら部屋に運んでくださるかしら?」


そこからルイズはエレーヌの指示に従って彼女を部屋まで運んだ。

そして、ベッドに彼女の身体を横たえさせ、布団をかける。

エレーヌは終始申し訳なさげに視線を落としていた。

「ごめんなさいね。迷惑をかけてしまって」

「迷惑だなんて、そんな! でも、本当にこのこと、誰にも言わなくていいんですか?」

「えぇ。言わないでくれると助かるわ」

それは、この部屋に来るまでの間にエレーヌにお願いされたことだった。

彼女は何度も「お願いだから、倒れたことは誰にも言わないでほしい」「大事にしないでほしい」と頼み込んできた。


「いいから……!」

「——ですが!」

　最初は素直に頷けなかったルイズだったが、そのときのエレーヌの表情が真剣そのものだったため、この部屋に着く頃には「わかりました」と頷いてしまっていた。

（そう言えば、出迎えてもらったときにも『王妃は体調が悪い』って……）

　ルイズはベッドの上で荒い呼吸を繰り返すエレーヌを見ながら、レオンの言葉を思い出す。それによく見ればエレーヌの顔はこれ以上ないぐらいに蒼白だ。化粧でそう見えないようにしているだけで、近くで見る彼女の肌の色は死者のそれに近い。

「エレーヌ様。もし体調がお悪いなら、ダンスの練習は毎日じゃなくても……」

「そういうわけにもいかないわ」

「ですが――」

「私は休んでなんかいられないもの。ここで休んでしまったらどんなことを言われるかわかったものじゃないわ」

「言われるって、誰に何を言われるんですか？」

　エレーヌはルイズの問いに優しく微笑み、答えになっていない答えを告げる。

「私とレオンはね。実は恋愛結婚なのよ」

　二人の出会いは、王宮の主催したとある舞踏会だったらしい。当時から病弱だったエレーヌは当時十二歳でありながら、そのときが初めての社交だったという。ダンスもあまり上手に踊ることができず、父の後ろに隠れてばかりいる彼女のことを、挨拶に来た当時十四歳のレオンが見初めたというのだ。

最初、エレーヌはレオンの求婚に消極的だった。彼女は幼いながらに彼の求婚を受けるということの意味をしっかり理解していたし、それを重荷に感じていた。しかしながら、レオンのしつこいぐらいのアプローチに根負けして、それを重荷に感じていた。しかしながら、
けれど、彼らの周りは二人の交際を快く思わなかった。エレーヌの生家であるルディーニ家は元商家で、祖父の代に叙爵された新興貴族。歴史と名誉を重んじる貴族の間では『成金』と揶揄されてきた。

当然、そんな家の出の女性を未来の王妃に据えることに賛成する者は少なく、二人が正式に交際を始めてからは二人を別れさせようと様々な妨害をされたという。

「そういえば、私を諦めさせるために、レオンの婚約者を決めるためのお茶会なんてものを勝手に開いた人もいたわね」

エレーヌは当時を思い出したのか、口元を押さえてクスクスと笑う。

そのお茶会にはルイズも覚えがあった。きっと彼女にトラウマを植え付けたあの戦争のことだろう。

しかし結局、それらの妨害で二人を離れさせることはできず、二人は反対を押し切るようにして結婚した。

ルイズはその話を聞きながら、どこかうっとりとした心地になっていた。だって、まる

で物語の王子様とお姫様のような恋なのだ。現実は物語とは違って、きっともっと大変だっただろう。しかしそれがわかっていても、憧れてしまう。

「素敵ですね」

「素敵でしょう？　だけどね、私はまだ誰にも認められていないのよ」

「え。そう、なんですか……？」

「えぇ。私には子供ができないから」

ルイズは大きく目を見開いた。

「レオン様が、ではなく？」

「そう。彼は貴女たちにもそう説明しているのね」

医者の話によると、二人が子供を成せないのはレオンではなくエレーヌに原因があるらしい。レオンは確かに昔病弱だったが、それで子種がなくなったという証拠はないとのこと。

しかしそれを表に出してしまえば、世継ぎのためにレオンは他の女性と関係を持たなくてはならなくなるかもしれない。それを危惧したレオンは対外的には自分が子供を成せないと言っているらしい。

「けれどね。こうやってお世話をしてもらっていると、やっぱり一部の人は気がついちゃうみたいで……」

エレーヌはそれ以上何も言わなかったが、きっと陰でいろいろ言われているのだろう。考えてみればエヴァもあまりエレーヌのことを尊敬しているようには見えなかった。

「もしかして、レオン様がアランを呼び寄せたのは……」

「貴方たちには、本当に申し訳なく思っているわ」

すべてはきっとエレーヌを守るためだった。

エレーヌが子供を成せなくても、弟であるアランの相手——ルイズが子供を成せれば、彼女への風当たりも少しは和らぐとレオンは考えたのだろう。もちろんアランを毒殺しようとした叔父を王位に就かせたくないという思いも嘘ではないのだろうが、きっと比重的にはエレーヌに向けるものの方が重い。ルイズはそう思った。

「だから、誰にも言わないでね。ルイズ」

布団の中から今にも折れそうな指が伸びてきて、ルイズの手に重なった。

「子供を成せない上に、貴女への指導も満足にできないとなれば、私の立つ瀬がなくなってしまうわ」

「エレーヌ様……」

「私はどうしてもあの人の側にいたいのよ」

そう言って微笑んだエレーヌは、儚いけれどとても幸せそうだった。

◆◇◆

「はぁ……」

　エレーヌからそんな話を聞いたその日の夕方、ルイズは中庭のベンチに座っていた。先程までのエレーヌの言葉がぐるぐると頭を巡り、口からはため息ばかりが漏れてしまう。

『だけどね、私はまだ誰にも認められていないのよ』

　王宮は怖いところだった。ルイズが思っていたのとは少しだけ違った方向ではあったが。

　ルイズは、エレーヌの部屋を思い出してみる。ベッドシーツにはシワが寄り、花瓶に飾ってあった花はしおれていた。もうそれだけで、掃除の頻度が落とされているだろうことが予測できて悲しい気持ちになった。

　外側からはわからないよう小さくて陰険ないじめが繰り返されていて、エレーヌはずっとその針の筵《むしろ》の上にいる。けれどそれでもレオンの側にいるために自分のできることを精一杯やろうとする彼女は健気で素敵だった。

（私が完璧なダンスを踊らないと、エレーヌ様のせいになるのかしら）

　可能性は十分にあった。エレーヌの粗をひたすらに探している人間ならば、そのぐらいのこと思いつかないはずがない。

（でも、今の練習じゃ、到底完璧なダンスにはならないのよね……）

ルイズの資質の他に、このダンスレッスンには重要なものが欠けていた。

それはパートナーだ。どれだけ熱心にエレーヌがダンスを教えても、一人で踊るのと二人で踊るのとは、難易度がまったく違う。

王族しか踊れないステップということで、本当ならばレオンに相手をしてもらうのが一番なのだが、側仕えの『国王様はお仕事が忙しいんです』の一言でその要求は通らなかったらしい。

エレーヌは『今度直接レオンにお願いしてみるから、それまで待ってもらえるかしら？』と言っていたが、その要求が本当に通るかどうかわからない。

それにレオンを呼び出せても、今度は『自分の力量のなさを国王様にフォローしてもらった』なんて言いがかりをつけられるかもしれない。

（これも、いじめの一環なのかもしれないわね）

というか、きっとそうなのだろう。

ならば相手を見返す方法はただ一つだけ。このままエレーヌにパートナーなしのままダンスを教えてもらい、本番でルイズが完璧なダンスをレオンと踊る。

（でも、それができないから困っているわけで……）

「義姉さん、大丈夫？」

突然、背後から声が聞こえてきて、ルイズは振り返った。するとそこには案の定アランがいた。彼は最近よく見かけるようになった薄い笑みを顔に貼り付けている。

「アラン？　どうして……」

「ルイズが頑張ってるって聞いて、ちょっと様子を見に来てみたんだ」

「心配して来てくれたの？」

ルイズは思わず感動したような声を出す。

するとアランは、ベンチの後ろからルイズの顔をまじまじと覗き込む。そして、どこか
残念そうに、でも楽しげにこう言った。

「泣いてはいないみたいだね」

「──アラン！」

「ごめん、ごめん」

アランは楽しそうに笑って、ルイズの隣に腰掛けた。

そして、彼女の膝に平たい箱を置く。

「そんなルイズに差し入れだよ」

「これは？」

「ショコラ」

「え!?」

声が弾んでしまったのは、それがルイズの大好物だったからだ。

「貰っていいの!?」

「うん。僕はあまり甘いもの好きじゃないからね。それに、ここのところ疲れているみたいだったからさ」

ルイズは「ありがとう！」と再び声を弾ませたあと、ゆっくり木の箱を開ける。

「わぁ！」

「レオンからの貰いものだから、ルイズの口に合うかわからないけれど」

黒塗りの木箱はいくつもの部屋に分かれており、部屋の中には、ショコラが一粒ずつ入っていた。そのどれもがつやつやとしていて、甘い香りをただよわせている。

ルイズはその中の一つを手に取り、まじまじと見つめたあと、口に放った。

瞬間、口いっぱいに甘みが広がった。先程までの悩みなどすべて消え去るような幸福に、ルイズは口元を押さえながら「んー」と声を上げる。

「喜んでもらえて良かった」

その反応を見て、アランが微笑む。

しかし、その柔らかい表情はすぐに沈んだ。

「でもやっぱり、疲れていたみたいだね」

「わかるの？」

「そりゃ、これだけ一緒にいるんだからね。……ごめんね、僕のせいで」

「アランのせいじゃないでしょ」

口をついて出た言葉は無意識だった。

考えてから発した言葉ではないはずなのに、それからもつらつらと言葉が続く。

「毒殺されかけたことも、ここに戻されたのも、アランのせいじゃないでしょ？　私がここにいるのは少しだけアランのせいもあるかもしれないけれど、それでも本の内容を覚えなきゃいけないのだって、ダンスがうまく踊れないのだってアランのせいではないわ」

そこまで言い切って、アランの方を見る。

すると彼は驚いたような表情のまま固まっていた。続いてゆっくりと表情を崩すと、少しだけ頬を染めて「ありがとう」と微笑んだ。

その嬉しそうな表情に、一瞬だけどきりとしてしまう。

「ってことは、義姉さんは僕と結婚する気になってくれたってこと？」

「な、なんでそうなるの!?」

「さっきの言葉、僕が義姉さんを結婚相手に指名したこと、許してくれてるように聞こえたけど」

「言ったでしょう！『ここにいるのはアランのせい』だって！」

「でも、『少しだけ』とも言ってたよ。ってことは、もうほとんど許してくれたんじゃない？」

というか、許すも許さないも、ルイズに拒否権なんてないだろう。なのに、今更そんなことを言い出すなんて、ずるいにも程がある。

「ねぇ、義姉さん。僕に惚れてよ」

「へ？」

「その方が僕の側にいやすいのなら、そうしてよ。大丈夫、大切にするよ。すごくすごく大切にする」

アランの綺麗な顔がぐっと近づいてきて、言葉に詰まった。

「義姉さんが、恋愛結婚に憧れていることは知ってるよ。それならさ、僕を相手に選んでよ。大丈夫。僕は義姉さんが大好きだよ」

「……私、じゃなくて、私の泣き顔が、でしょう？」

言葉に棘を含ませてそう言えば、アランはそれに答えることなく笑みだけを深くした。否定されなかったことで彼の気持ちを知った気がして、なぜだか少しだけ胸が苦しくなる。

「ねぇ、義姉さんのタイプってどんな人？」

「タイプ？」

「そう、好きなタイプ。今まで縁談って山ほどあったけど、義姉さんの好みで選んだ人って一人もいないよね？」

「……なんでそんなことが知りたいの？」

「義姉さんを放す気にはなれないけど、円満な関係を築きたいからさ」

つまり、アランは努力してルイズの好みになるということだろうか。そうまでして彼はルイズの涙を見ていたいのだろうか。

「私のタイプは――」

そう口を開いた瞬間、頭に思い浮かんだのはアランの顔だった。

ルイズは小さく首を横に振ったあと、キュッと唇を引き結ぶ。

「私のタイプは、金髪で、碧眼で、王子様みたいな人で。意地悪じゃなくて、おっとりと優しくて、太陽みたいに笑う人で……」

「まるで、レオンみたいだね」

アランは余裕を含んだ笑みをこちらに向ける。

参考にしていた人物を言い当てられ、ルイズの頬はほんのりと赤く染まった。

反抗心からか、アランと真逆の人物を思い浮かべた結果、そうなってしまったのだ。

「いけないの？」

「んーん。ありがとう。努力してみるよ」

人を食ったような表情がルイズの心を見透かしているような気がして、ルイズは口をへの字に曲げた。そんな彼女を見て、これ以上この話題を広げるのは良くないと思ったのかもしれない。アランは軽やかに話題を変えてきた。

「そう言えばさ、義姉さんはダンスが上手に踊れないの？」

「え？」

「さっき言っていたよね？」

「え、ええ、ステップが覚えられなくて。ちょっと独特なのよね……」

少し俯いてしまったルイズの視界にすっと手が差し伸べられる。

「それなら、僕と今ここで練習してみる？」

「クロンヌのステップがわかるの？」

「昔、父と母が踊ってるのを見たことがあるんだ」

ルイズの膝に置いてある箱を、アランは持ち上げて隣に置いた。そうしてルイズの手を掬い上げる。

アランに軽く手を引っ張られ、ルイズは立ち上がった。そのまま腰を摑まれ、ダンスの体勢をとる。

「ほら、いくよ。――いち、にっ」

アランが足を踏み出した瞬間に身体がふわりと浮いて、ダンスが始まった。

それは、まるで本当に曲を流して踊っているみたいだった。

右に左に足は軽やかに運ばれ、ルイズがステップを間違えても、それをフォローするよ

うにアランの足が運ばれる。スカートをさばくところでは、謝ってアランの足を蹴ってしまいそうになったが、彼はそれを避けながら「危ないなぁ」と朗らかに笑った。

アランはとにかく完璧だった。ここにいた頃に両親が踊っているところを見たと言っていたが、それは五歳より下の頃の話だろう。もしもルイズだったらそんなもの覚えていないだろうし、覚えていたとしてもここまで完璧には踊れない。

そうして気がつけば、あっという間に一曲分踊りきってしまっていた。

「アラン、すごいわ！　すごい！」

ダンスが終わると同時に、ルイズははしゃいだような声を出した。

早くからドミニクの仕事を手伝わされるぐらい物覚えが良かったアランだが、まさかここまでとは思わなかった。

「ルイズも上手だったよ。……ちょっと足がお転婆だったけど」

「別に下手って言ってくれて構わないのだけれど……」

「伸びしろがあるね」

「変に言い換えないで！　悲しくなるでしょう！」

確かにアランに比べれば踊れていないが、それでもルイズは頑張っているのだ。相手がいない中、一週間でここまでステップを覚えたのだから、むしろ褒めてほしいぐらいである。

（相手が、いない――……？）

そのとき、ルイズにとあるひらめきが落ちてきた。

ルイズはアランの右手を両手でぎゅっと摑む。そしてこう懇願した。

「アラン、練習に付き合ってくれない？」

「練習？」

「そう、ダンスの練習！　でもアランもレオン様のお仕事の手伝いで忙しいだろうから、毎日じゃなくてもいいの！　空いている時間にこうやって一緒に踊ってくれるだけでいいから！」

「それぐらいなら別にいいよ。それじゃ、どこかホールを借りて――」

「だめ！」

ルイズは思わず大きな声を出してしまった。だって誰かに知られると、それが原因でまたエレーヌの評判が下がってしまう。

例えば、そう、『エレーヌ様の教え方が悪かったから、ルイズがアランを頼った』なんて噂を流されてしまうかもしれない。それでは本末転倒だ。

しかし、それをアランにどう伝えればいいのかわからない。エレーヌはルイズのことを信用して話してくれたのだから、アランに伝えるのだってエレーヌの許可を得てからにしなくてはならないに決まっている。

「えっと！　あの！　アランと練習しているのは、誰にもバレたくなくて！　秘密にしていてほしくて！　あの、えっと……」

ルイズが頭に浮かんだ言葉を無理やりひっつかんで並べていると、正面にいるアランがふっと笑んだ気配がした。

「義姉さんは僕と二人っきりがいいんだ？」

「え？　うん！」

「誰にもダンスを練習してるって知られない場所？」

「そう！」

「わかった。場所は用意しておくね」

事もなげにそう言ったアランにルイズは目を輝かせる。

「そんな場所があるの!?」

「うん」

「どこなの？」

「僕の部屋」

「へ？」

「僕の部屋。義姉さんの部屋でも良いけど」

ルイズは思わず言葉をなくしてしまう。

だって、男の人の部屋になんて入ったことがないのだ。

幼い頃はお互いの部屋に出入りすることもあったが、それなりに男性を意識するようになってからは、ジャンの部屋だってアランの部屋だって、中を見たことはあっても敷居をまたいだことはない。ましてや、家族以外の異性の部屋なんて言うまでもない。

「僕らはもう対外的には婚約者なんだし、互いの部屋を行き来しても何の問題もないでしょう？　それに、しばらく部屋の中にこもっていたって『何をしていたのか』なんて無粋なことを聞く人間は一人もいない」

「それは、そう、だけど……」

「もしかして、緊張してる？」

「そんなわけないでしょう？　お、義弟《おとうと》の部屋だもの！」

『義弟』を強調したのは、そうでもしないと変に意識してしまいそうだったからだ。

ルイズの言葉に、アランは表情を変えることなく頷く。

「そうだよね。義弟の部屋だもんね？　……それじゃ、明日の夜から待ってるね」

「夜!?」

「うん。そっちの方が説得力があるでしょ？」

何の説得力なのかは聞かなくてもさすがにわかる。二人が致しているように見せるのならば、昼間や夕方よりは夜の方が自然だろうと彼は言っているのだ。

「それと、終わったあとのご褒美のことなんだけど」

「ご褒美!?」

「そ、ご褒美。さすがにタダで毎日練習に付き合ってあげるのはとても疲れるからね」

「毎日じゃなくてもいいのだけれど」

「でも、毎日練習した方が早く身につくんじゃない？」

「それは……確かにそうね」

それにダンスというのは全身運動だ。それをルイズのわがままで付き合ってもらうのだから、それ相応の報酬は支払うべきだろう。

ルイズは大きく頷いた。

「わかったわ。私にできることなら何でも言ってちょうだい！」

あとから思い返せばそう言ってしまったのが駄目だった。

アランはルイズの言葉に嬉しそうに唇の端を引き上げた。

「それなら、早速今日の分のご褒美を貰おうかな」

「わかったわ。えっと、いくら——」

最後まで言葉を発せられなかったのはアランが抱きしめてきたからだった。

「ア、アラン!?」

「義姉さんは、痛いのと痛くないのどっちがいい？」

「え？　痛いのは嫌だけど……」

「じゃぁ、気持ちぃい方で」

「気持ちがいい方!?」

意味がわからず声を大きくした瞬間、ぷち、と小さな音がした。

それが背中で留めていたドレスのボタンが外れる音だとわかったときには、彼はもう三つ目のボタンを外し終わり四つ目に手をかけていた。

「アラン！」

「大丈夫だよ。人払いは済ませているから」

「なっ！」

「用意がいいでしょ？　さすがにここまでは予想してなかったけどさ。ほら僕、辛抱が足りないから」

背中の方から入り込んできた指先がルイズの背中を撫でる。背中を駆け上がるゾクゾクとした感触に、ルイズは「ひゃぁっ」と小さく悲鳴を上げた。

ルイズはアランの身体に必死に縋りつきながらふるふると首を振る。

「やだ！　やだ！　やだ！　アラン！　恥ずかしい！」

「大丈夫。誰も見てないよ」

「だけど、恥ずかしいの！」

――


「それなら、こうしようか」

アランは芝生の方にルイズを導き、そこに自分の上着を広げてルイズを寝かせた。そこは低い生け垣に囲まれた場所で、確かに覗き込まなくては二人の姿は誰にも見えないが

「ここまでするなら部屋に――」

「だめ。もう限界」

ちゅっと目尻に口づけられ、ルイズはそこに涙が溜まっていたことを知る。

そして、それが彼の情欲を煽ってしまったことも――

アランはその長い手足でルイズを閉じ込めたまま悪魔のような顔で笑う。

「歌劇場でのルイズ、本当に可愛かったな。今回も同じような顔で泣いてくれる?」


男性にここまで肌をさらすのは初めてだった。

視線の先にあるのは、自らの双丘。そして、それに舌と指を這わせているアランの姿。

アランは片方の赤い実を口に含み、舌でコロコロと転がしながら、天に向かって立ち上がっているもう片方を人差し指と親指でつまみ上げた。

「ん――っ」

全身に電流が走り、ルイズは口元を押さえながら声を押し殺す。

そんな彼女を見て、アランはふっと息を吐いた。

そこで、ルイズの身体はまたピクリと跳ねる。

「声、聞かせてくれないの？」

「へんな、こえ、でちゃうから……んっ」

「変な声じゃないよ。泣いているときみたいな鼻にかかった声で、すごく可愛いよ」

「泣いているときって。アラン、そればっかり……」

「だって、好きなんだからしょうがないでしょ？」

「しょうがないって――あぁっ！」

大きな声が出たのは、アランが突然胸の頂に歯を立てたからだ。

ルイズは慌てて下唇を噛んだ。

アランは人払いを済ませてあると言っていたが、ここで叫べばもしかすると人が来てしまうかもしれない。

日が落ちてきたとはいっても、まだ薄暗いと言えるほどではないのに、なんで自分はこんな宵闇に隠れてやるようなことをやっているのだろう。しかも外で。視界に入る太陽が、まるでこちらを見下ろしているようでたまらなく恥ずかしい。

それでもやっぱり行為に対する嫌悪感は浮かんでこなくて、それだけがルイズの頭を混乱させていた。

「ほら、唇は噛まないで。血が出ちゃうよ」

アランが困ったようにそう言い、親指でルイズの唇を開いた。

「何か噛んでなきゃだめなら、僕の指噛んでていいからね」

そうして開いた口腔内に先程まで胸をいじっていた指を差し入れる。

「んっ」

「なんなら、噛みちぎってもいいよ？」

冗談とも本気ともつかない声色でアランはそう言い、人差し指と中指でルイズの舌をつまみ上げた。

その苦しさにルイズが「んぁ」と声を漏らすと、アランの目にまた悦びの色が混じる。どうして嬉しそうなのかわからないまま、ルイズはアランの指を咥えた。そのまま口を開けていると、また声が漏れてしまいそうだったからだ。

アランの指がルイズの舌をぐっと押し、口腔内を探るように指を動かした。ルイズの舌は自然と彼の指に絡みつく。そのままチュクチュクと指の出し入れが始まると、ルイズの呼吸はまた苦しくなる。

「ん、はっはっんん」

「あは、最高」

アランはこらえきれないというように笑う。

彼はしばらく口腔内を堪能し、指を引き抜いた。そして、ぐったりとしてしまったルイズを持ち上げて、あぐらをかいた自分の上に座らせる。

アランと正面から向かい合う形になったルイズは、その恥ずかしさに顔をそらす。しかし、すぐさま両手で頬を挟み込まれ、正面を向かされた。

「だめだよ。これが僕のご褒美なんだから。そらさないで」

どこか恍惚とした彼の表情から、自分が泣いている事実を知る。だけど、彼は未だにルイズを放す気がないらしく、彼女の身体を再び抱きしめると「本当に、可愛い」と吐息のような声を漏らした。

「アラン。あの、どこまで、するの？」

どこまで、というのは行為の話だ。男性経験のないルイズだって、これが性行為の前段階だということはわかっていた。

「んー。僕の満足する涙が見れるまで」

「それってどこまでなの？」

「さぁ？」

アランはルイズを抱きしめたまま笑い、彼女のうなじに唇を寄せた。

そして、ちゅっとリップ音がしたと同時に、臀部に何かが触れた。

「――っ！」

「でも、もう最後までしてもいいんじゃないかな。多少順番が違っても、この状況なら許されるだろうし」

臀部に触れたのは、スカートの裾から入ってきたアランの指だった。

アランの骨ばった指はそろそろとルイズの中心を目指し、下着の中にまで入り込んでくる。

「オペラのときはね。我慢していたんだよ。さすがにあの家にお世話になっている状態で、義姉さんのことを抱くのは義父さんに悪いと思ったからさ。義姉さんが僕に抱かれたことを隠し通せるとも思えなかったしね」

なぜか嬉しそうに笑い、アランはルイズの中心に中指をぐっと押し当てた。

瞬間、くちゅ、という湿った水音が耳に届く。

「――っぁ」

そのままアランは指の腹でルイズの裂肉をいじめ始める。

「んあ、ぁ、やぁ、ぁ、ぁん」

「いい声だね。義姉さんって、もしかして見られると興奮するタイプ？」

「ちがっ――」

「でも、オペラのときも興奮していたみたいだし。今だってほら、とろとろだよ？」

アランは一度秘所から指を放し、蜜に濡れた指をこちらに見せつけてきた。彼の中指にはてらてらと淫靡な液体が光っている。

まるでそれが、自分の身体が男性を求めている証拠のように思えて、ルイズは咄嗟に視線をそらしてしまった。

「それともそんなこと関係なく、えっちだってこと？」

「えっちって……」

「ルイズってこういうところ触られるの初めてなんでしょう？　なのに、こんなに濡れてるんだから、十分えっちだよ」

そう言って彼は再び秘所に手を伸ばした。

先をめり込ませて割れ目をなぞるアランの指に、ルイズはたまらず彼の首に抱きついた。

「いいんだよ。隠さなくて。えっちなルイズ。すごく可愛いから」

「ちが――」

「大丈夫。もっと気持ち良くなろうね」

そう言ってアランはルイズの割れ目を撫でていた指を一度離し、今度は指の腹ではなく指の先を割れ目にあてがった。そして――

「ぁあぁぁ――」

ゆっくりと中指をルイズの中に侵入させてきたのだ。

身体の中に入ってきた初めての異物にルイズは身体を震えさせた。

「すごい。……熱いね。それにすごくうねってる」

「やだ、アランっ！　ゆび、抜いて！」

「でも、ルイズの身体は『もっと』って言ってるよ？」

ルイズの意思ではなく、彼女の身体に応えるように、アランは抽挿を始めた。彼が指を引き抜くたびに切なさで下腹部がキュンとなり、彼が指を入れるたびに圧迫感で声が漏れた。

自分の身体の反応がまるで本当にアランを求めているようで、ルイズの頭は恥ずかしさでいっぱいになる。

そんなルイズの心の内を知ってか知らずか、アランは「大丈夫、大丈夫」と何度も言いながら、ルイズの洞を奥へ奥へと掘り進めた。

「僕はわかってるよ。ルイズは淫乱なんかじゃないもんね？　ちょっと人より快楽に弱いだけだもんね？」

「やっ」

「他の人はどうだか知らないけど。大丈夫。僕はえっちなルイズが大好きだよ」

「も。やだぁ……」

アランの優しい言葉攻めに、涙が一筋頬を伝う。

こちらを見つめるアランは本当に嬉しそうに、楽しそうに、頬を引き上げた。

「可愛い。本当に可愛い。ルイズの泣き顔って、本当に可愛いね。あぁ。早くルイズと一つになりたいな。指ぐらいでこんなに可愛いんだから、ベッドの上ではもっと可愛い顔で泣いてくれるんだろうね。あぁ。早く、見たいな。……今すぐにでも見たい」

「や、やだ！」

そう言ってしまったのは無意識だった。

ルイズのはっきりとした拒絶に、アランの声の彩度は落ちる。

「いや？　やっぱり、僕じゃ――」

「こんなところじゃ、いや！」

ルイズが答えると、アランは驚いたように目を見張る。

どうして驚かれたのかわからないまま、ルイズはいやいやと首を振った。

「外はいや。恥ずかしい！」

「……場所が嫌なんだ？」

ルイズは赤く染まった顔をこくこくと何度も上下させた。

その様子が面白かったのか、アランの表情がふっと緩む。

「義姉さんのそういうところ、いいよね」

「え？」

「僕、義姉さんの涙も好きだけれど、そういうところも好きだよ」

「そう、いう、ところ?」

「僕のことを拒絶しないとこ」

その言葉に、なぜだかどうしようもないほどに胸が詰まった。

それは、アランの表情はいつも通りなのに、彼の瞳の奥にわずかな悲哀が見て取れたような気がしたからかもしれない。

ルイズはアランの頭を抱きかかえた。

「する、わけないでしょ」

「どうして?」

「だって……お、義弟《おとうと》だもの」

最後のは取ってつけたような言い訳だった。

本当に自分は、彼のことを義弟だと思っているから拒絶しないのだろうか。

それとも――

「僕のこと本当に義弟だって思ってる?」

「思ってるわよ」

そう言った瞬間、アランの指の先が何の予告もなく増やされた。

「え?　ぁ、やだ!　んんっ――!」

そのままアランはグリグリと指を押し込んだあと、ゆっくりと円を描くように回した。

そうして、十分にほぐれたところを見計らって、先程よりも激しく蜜を掻き出し始める。

「や、あぁ、やだ、うぁ、やぁ――」

もう声を抑えることもできなかった。ルイズの身体は初めての快楽にビクビクと跳ね回る。アランの身体を抱きしめるようにして快楽を逃がそうとするのだが、初めてなのでうまくいかず、どんどんと身体に熱が溜まっていく。

「う、ん、ゃ、あぁ」

アランはルイズの顔を覗き込みながら、唇の端を上げた。

「じゃぁ、義姉さんは義弟だって思っている相手にそんな顔するんだ?」

無理やり顔を向かされて、そんなふうに言われる。

自分はどんな顔をしているのだろう。

もうそれを気にする余裕もない。

「ねぇ、『ルイズ』って呼んでいい?」

「え?」

「前も言ったけど、僕は義姉さんのことを義姉さんだと思ったことはないよ。それにこれから結婚するのに、『義姉さん』のままだとおかしいでしょう?」

「それは、そう、だけど――んん」

「……ルイズ」

そう言われるだけで、目の前の人間がまるで知らない男になったかのようだった。

「ルイズ。嫌だったら、突き飛ばして逃げて」

彼の拘束は緩い。その気になればいつだって突き飛ばして逃げることはできただろう。

だけど――

『僕のことを拒絶しないとこ』

なぜか、それはできなかった。

◆◇◆

それから二週間後――

「素敵よ、ルイズ！　ずいぶんと上達したわね！」

エレーヌにそう褒められ、ルイズは肩で息をしながら「ありがとうございます」と頭を下げた。

場所はいつもの東ホール。今日もあまり体調がよろしくないのか、エレーヌは椅子に座ったままこちらに向かって拍手を送ってくれている。

「それにしても、本当にすごいわ！　まさかもうここまで踊れるようになるなんて！」

「と言っても、全体の半分ぐらいですけどね」

「それでも、残っている時間のことを考えれば十分だわ！」

珍しくはしゃいだような声を出しながら、エレーヌは頬を引き上げた。

その表情に、ルイズも同じように笑みを返す。

結論から言えば、ルイズとアランのダンスレッスンは見事な成果を上げていた。

昼間にエレーヌからステップの踏み方や身体の運び方を教わり、その夜のうちにアランと一緒にそのステップを復習するというやり方は、どうやらルイズに合っていたらしく、そのやり方で、ルイズはどんどんダンスを覚えていった。

レオンの誕生祭まではあと一ヶ月以上ある。最終調整のことを考えても進み具合は順調と言わざるを得ない。

問題があるとするならば——

「そういえば、昨晩もアラン様のところへ行かれていたそうね。本当にお二人は仲がいいのね」

「あー……あはは、そうですねぇ」

アランとルイズがもうどうしようもないほどに公認の仲になってしまったことだった。

いや、ルイズは元々アランと結婚するために来たのだから、公認と言えば公認なのだが、毎夜毎夜彼の部屋を訪ねていくほどに熱々な仲だと思われていることが問題だった。

（いやまぁ、やっていることはあまり変わらないのだけれど……）

毎晩、ダンスを踊ったあと、ルイズはアランへのご褒美のためにベッドに押し倒される。そこから行われることは、最後まで致していないだけで情事となんら変わらない。

というか、ここまで来て最後まで身体を繋げていないことに、ルイズは自分でも驚いていた。

正直なところ、もしかしたら今日こそは——と思った日は何度もあったし、覚悟して彼の部屋に行ったことも一度や二度ではない。けれどアランは、最初の『ご褒美』のときから、いつもルイズが達してしまうと満足したようにルイズの身体を放してしまうのだ。

そのことにルイズは安堵すると同時に、どこか物足りなさを感じていた。

(でもまぁ、アランはそういうことをしたいわけじゃないものね)

アランの目的はルイズの泣き顔だ。彼女と繋がることが目的ではないのだから、最後まででしないのは当然なのだろう。むしろそのあとの行為など、彼にとっては不要なものなのかもしれなかった。

(だって、アランが好きなのは、私の泣き顔だけ、なのだものね……)

なぜだか気分が落ち込んで、自然と項垂《うなだ》れてしまう。

そんなルイズを見て、エレーヌは「どうかしたの？」と顔を覗き込んできた。

「あ、いいえ。その……」

「もしかして、アラン様と喧嘩でもした？」

「いえ！　そういうわけでは！」

「隠さなくてもいいわ。今のは、恋する女性の顔だったもの」

恥ずかしげもなくそう言うエレーヌに、ルイズは「こい――」と声を上ずらせた。

思ってもいなかった単語に、ルイズの頬は淡く染まる。

「アベル様――いいえ、アラン様のこと、好きなのでしょう？」

「えっと、それは……」

エレーヌは戸惑うルイズの手を両手でぎゅっと握る。

そして、出会った頃よりも親しげな笑みを向けた。

「ルイズ。お互いに相手は大事にしましょうね。せっかく想いが通じ合って結婚するんですもの」

「そう、ですね」

(私は、アランのこと――)

そう俯いたとき、何かが窓を叩く音がした。

見れば、カツンカツンと、雨が窓を叩いている。

窓に近づき空を見れば、果てのない灰色の雲が一面に広がっていた。

「なんだか嫌な天気ね……」

ルイズの心の中を表すような曇天に、エレーヌはそう呟いた。

◆◇◆

それを最初に『神の怒り』と表したのは、一体誰だったのだろうか。


真っ黒い雲から一筋の光が放たれて、窓の外が一瞬だけ真っ白に光る。

続けて腹の底を揺らすような轟音《ごうおん》があたりに響き渡り、窓の木枠を震わせた。

その、まるで地割れでも起きたのかというようなけたたましい音に、ルイズは「ひぅっ！」と情けない声を上げながら首をすくめた。

その夜、ルイズの姿はベッドの上にあった。膝を抱えたルイズは、頭から毛布をかぶり、身体を震わせている。目には流れてはいないまでも涙が溜まっており、歯も小さくカチカチと鳴っていた。

そう、ルイズは昔から雷が苦手だった。

どのぐらい苦手かというと、幼い頃は雷の音を聞いただけで、部屋から出られなくなってしまうぐらい苦手だった。さすがにもういい大人なので多少は態度を繕えるようになったが、誰にも気を使わなくてもいいとなると、幼い頃のようにこうやって部屋にこもってしまう。

特に今日のようなひどい天気のときは尚更だ。

「もう、本当に鳴りやんで……」

ルイズは情けない声を上げる。しかしながら、哀れな彼女の願いが天に届くことはなく、再び閃光と轟音が部屋の中を駆け抜けた。

ルイズが雷を嫌う理由はいくつかある。

まず第一に、雷鳴が嫌いだった。そもそも大きな音というものが苦手な上に、巨大な獣の咆哮を思わせるようなあの轟音は、幼いルイズの想像力をいつも嫌な方向に掻き立てた。

閃光も嫌いだった。空を縦横無尽に切り裂く光の刃はいつか自分にも襲いかかってきそうで恐ろしかった。

けれど、一番の理由は母が死んだ日に雷が鳴っていたからかもしれない。

母親が死んだことと雷に何か因果関係があったわけではない。けれど、当時五歳のルイズにとって、それから雷は大切な人を連れていった恐怖の象徴になってしまったのだった。

(こんな大人になってまで、そんなこと引きずってるだなんて……)

そうは思うし、恥ずかしくもあるのだが、身体に刷り込まれた恐怖は気合いによってなんとかなるものではなかった。

(そういえば、昔はよくアランが――)

そんなふうに思ったとき、ぴしゃーん、と何かを叩いたような音がこだまして、ルイズは現実に引き戻された。

窓の外を見ると、雨脚が更に強くなっている。この調子だと明日の朝まで天気は持ち直しそうにない。

(もう、いや……)

ルイズがそう嘆いて膝を抱えたときだった——

「ルイズ……」

自室であるにもかかわらず自分以外の人間の声がして、ルイズは「へ?」と顔を上げた。

すると、視線の先にぬぅっと人影が浮かび上がってくる。扉の側にいる長身の影は、ゆらりと一度身体を揺らしたかと思うと、ゆっくりとこちらに近づいてきた。

「むっ——」

(無理無理無理無理!)

ルイズはかぶっていた毛布がずれることもいとわず、おしりを引き擦りながら後ずさった。

雷とは違うベクトルで、おばけや妖怪の類も大の苦手なのだ。

「きゃぁ——むぐ」

最後まで悲鳴を上げられなかったのは、近づいてきた影が口元を押さえたからだった。

冷たい指先に身体の芯が冷えて、同時に身体がこわばる。

けれど、ここで得るものもあった。

目の前の影がおばけでないことがわかったからだ。

触れられるのならば実体があるということで、実体があるということは殴れるということ。

ルイズがおばけや妖怪の類が怖いのは、それらが何かしてきたときに抵抗ができないからだ。殴れるのならば、多少は対処のしようもあるというものである。

ルイズは側にあったクッションを掴むと、それで思いっきり目の前の影を殴った。本当は硬いもので殴りたかったが、手に掴める範囲のものではそれぐらいしかなかったのだ。

「やっ！　ちょっと！」

大きく腕を振り回し、ルイズは顔に、身体に、何度もクッションを当てる。影はそれで多少怯んだようだったが、口元を押さえている手は離れなかった。

ルイズは、拳を振り回す。

しかし今度は、口元を押さえていない方の手で手首を取られてしまった。

（やば――）

そう息を呑んだのも束の間だった。

「……義姉さん」

そう呼ばれて、ルイズは身体からわずかに力を抜いた。

数度目を瞬かせてから見上げると、そこには見知った人の顔がある。

「ふぁらん？」

きちんと発音できなかったのは、彼が口を塞いだままだったからだ。

アランは暴れなくなったルイズから手を放して、ほっと息をついた。

「乱暴なことして、ごめん。だけどこの状況で騒がれると、ちょっとアレだからさ」

「そ、それは別にいいけど。どうしてアランがここに？」

「ルイズが、約束の時間になっても来ないから」

「約束――ぁ」

時計を見れば、いつもアランの部屋に行く時間をとうの昔に過ぎていた。

「それに、今日は天気があれだからさ」

「天気が？」

「雷、まだ苦手なんでしょ？」

さも当然とばかりにそう言われ、ルイズは目を瞬かせた。

そしてしばらくアランの言葉を咀嚼してから、確かめるようにこう聞いた。

「もしかして、私のことを心配してくれたの？」

「まぁ、半分ぐらいはそうかな」

「残りの半分は？」

ルイズの言葉にアランは何も言わず唇の端を上げる。もうそれだけで、残りの半分が『ルイズの泣き顔を見るため』だとわかってしまう。

ルイズはもう一度クッションを手に掴み「もぉ！」とアランを殴った。それを受け止めながら「ごめん、ごめん」とアランは笑う。

「でもまぁ、比較的元気そうで良かったよ。それなら、これは必要なかったかな？」

「これ？」

「気を紛らわすのにいいかと思って」

そう言ってアランがベッドに一冊の本を置く。

ルイズはそれを見て目を輝かせた。

「う、うぅ。どうして……」

数十分後、ルイズはベッドの上で号泣していた。

読んでいるのは『ヴィオブール戦記』――二人で観に行ったオペラの原作小説の最新刊である。先日発売されたばかりのそれを、アランはわざわざ取り寄せてくれたらしい。

二人は幼子のようにベッドに横になったまま、ルイズは本を、アランはルイズの顔をじっと見つめていた。

「やっぱりルイズを泣かせるには、この本が鉄板だよね」

「泣かせに来たのか、励ましに来たのか、どっちなのよ？」

「だからどっちもだって言ったでしょ」

そう言っておどけてみせているが、ルイズはアランが本気で自分のことを心配してくれていただろうことはわかっていた。

（だって昔もよくこうして——）

雷が鳴るたびにアランは本を持ってルイズの部屋を訪ねてくれていた。それは、アランがルイズのことを避け始めるまで続いて、避け始めてもなお、雷の日には部屋の外に本が届けられていた。届けられていた本に名前の書いたカードなどは添えられていなかったけれど、ルイズはそれがアランからのものだとわかっていた。

（昔から、優しいのよね……）

あの頃は、その優しさに『アランはこんなに優しいのだから、もっと頑張れば仲良くできるようになるかもしれない！』と期待して、裏切られるというのを繰り返していた。

顔を本に向けたまま、ルイズは視線をアランに向けた。

瞬間、昼間に聞いたエレーヌの言葉が思い起こされる。

『アラン様のこと、好きなのでしょう？』

（私は——）

アランのことが好きなのだろうか。家族ではなく、姉弟でもなく、恋人や結婚相手に向ける意味で彼のことを好ましく思っているのだろうか。だから、押し倒されても、身体を触られても、身体中に痕を残されても、すべて受け入れてしまうのだろうか。

今更ながらにこうしてベッドに二人で横になっている事実にドギマギしてしまい、アランのいる左側が熱くなる。

「ねぇ、なんでアランは泣き顔が好きなの？」

話題を振ったのは、自身の思考をよそに向けたかったからかもしれない。

アランはルイズの言葉にしばらく何か考えるような素振りをした。

「なんでだろうね。実は、僕もわからなくて」

「わからないの？」

「うん。でも、最初に涙を綺麗だと思った瞬間は今でも覚えているよ」

アランは昔を懐かしむように目をわずかに細めた。

「昔、僕は自分が生きてちゃいけないって思っていたんだよね」

「どうして？」

「んー。あの頃はさ、記憶が戻ったばっかりで、いろいろ混乱してたんだよね。殺されかけたこととか、母親に捨てられたって思い込んでたこととか、ルイズたちに迷惑かけてるとか、そういうことが全部全部積み重なって。僕が死ねば、みんな幸せになれると思ってたんだよね。……まぁ、要するに僕が弱かったって話なんだけど」

「そんな――」

　そう声を上げてから思い出した。アランがシュベール家に来てしばらく経った頃、彼はいきなり食事をとらなくなった。あれは意図的に食べなくなったというよりは身体が受け付けなくなったというような感じで、彼は必死に食べ物を口に詰め込んではトイレで吐くというのを繰り返していた。

　もしかするとそのときの話をしているのかもしれない。

　ルイズはなんとなくそう思った。

「誰にも望まれてないと思ってた。存在したらいけないんだって思ってた。迷惑ばかりをかけていて、なんて不都合な存在なんだって思ってた。だから、ずっと息をするのが苦しくて、心臓が動くのが煩わしくて、思考が巡るのが辛かった。朝が来るのが嫌でたまらなくて、夜は夜で孤独を感じるから苦しくて――……。でも、そういったしんどい感情を全部あの涙が洗い流してくれたんだ」

「あの涙？」

「すごく、綺麗だったんだよね。潤んだ瞳も、頬を伝う雫も、赤くなった頬も。泣き顔なんてそれまでにも見てきたはずなのにさ、もう衝撃的で。綺麗だったなぁ。すごくすごく、綺麗だった」

　涙を流した人物が男性か女性かはわからなかったけれど、彼の表情から女性だということがなんとなく察せられた。

（だって――）

アランの顔は、その人物に恋しているかのように見えたのだ。

その事実に気がついた瞬間、胸のあたりがこれでもかとざわめいた。

そんなルイズの変化に気がつくことなく、アランは話を続ける。

「今思い返してみれば、自分のために泣いてもらったことってあれが初めてだったのかも。だからそれが嬉しくて、ずっと見ていたいって――……ルイズ？」

「え？」

「どうして？」

その言葉の意味がわからずに首を傾げると、本に一滴雨粒が落ちた。それが雨粒ではないと気がついたのは、ルイズの頬を拭ったアランの指先に水滴がついていたからだった。

「なんで、泣いてるの？」

「え？　あ。ほ、本が、本がね！　とても良くてね！」

ルイズは慌てて本に視線を落とす。しかし、そんなあからさまな嘘にアランが騙されてくれるはずもなく、彼はルイズとの距離を詰めてくる。

「本当に？」

「本当！」

「嘘」

「嘘じゃない！　本当に、本が良かったの！」

本当のことなんて言えるわけがなかった。

今更、自分の気持ちに気がついただなんて。

今更、彼の気持ちが自分に向いていないことに傷ついただなんて。

（アランが好きなのは、きっと泣き顔じゃなくて――）

〝彼女〟だったのだとわかってしまった。

アランのために泣いてくれる綺麗な子。

アランの価値観を変えてしまった優しい子。

語ってくれた出来事によりアランが涙にこだわりを持つようになったのは事実だろう。けれど、その根底にはきっと〝彼女〟がいる。アラン自身でさえも気づいていないかもしれないが、〝彼女〟は彼の心臓に確実に棲みついている。

だって、思い出を語るときの微笑みを湛えたアランの表情は、その女性がどれだけ美しかったか物語っているようだった。

近くにいただけで結婚相手に選ばれたルイズは、ただただその子の代わりだったのだ。

そして、どうしようもないほどに、その事実に傷ついている自分がいる。

（私、アランのこと――）

いつからかはわからない。わかっているのはもうとっくに好きだったということ。

そして、自分の気持ちに気づくと同時に失恋してしまったということ。

「ルイズ。そんなふうに泣いていると、襲っちゃうよ」

涙が大好きだと言うくせに、アランは困ったような表情でそう微笑んだ。それが彼の優しさを表しているようでなんだか苦しくなる。本当に悲しいときの涙は、彼も同じように悲しんでくれるのだ。

ルイズは本を閉じると、身体ごとアランに向き直った。そしてルイズの涙を拭った彼の手に自分のそれをゆっくりと絡ませた。

「いいわ」

「ん？」

「アランになら、襲われても、いいわ」

俯いた視線の先で、アランが息を呑んだような気がした。

「本気で言ってる？　今日はダンスの練習してないよ？」

「もしかして、私の涙じゃ、だめ？」

「……だめじゃないよ」

「ちゃんと、好き？」

「好きだよ」

その言葉がルイズ自身に向いているわけではないということはわかっていた。涙に、もしくは、その先にいる例の〝彼女〟に、彼の『好き』は向いている。

けれど、ルイズがこの言葉を他の方法で聞くことはできないから、どうしても強請ってしまう。言わせてしまう。

「本当に、好き？」

「……大好きだよ」

その言葉にまた涙がこみ上げてきて、ルイズはわざと瞬きをした。

まつ毛に押された涙が頬の上をころりと転がり、シーツの上に落ちる。

「じゃぁ――」

それ以上の言葉が出てこなかったのは、唇をアランに塞がれたからだった。

突然合わさった唇に、得も言われぬ幸福感が押し寄せて、ルイズはアランの服に縋りついた。するとアランはルイズの腰に腕を回し、二人の身体を更に密着させる。その間も唇は離れることなく、それどころか角度を変えて繋がりを深くした。

あんなに情事一歩手前のことを何度もしていたというのに、唇を合わせるのは初めてだった。

「ん……、ふ……」

「はっ」

サイドテーブルの上にあるランプだけが照らす室内で、二人は何度もお互いを貪《むさぼ》った。

アランのぶ厚い舌がルイズの下唇を舐めて、それに応えるように口を開くと、舌が口腔内に侵入してくる。彼の舌の動きに応えるようにルイズが必死に舌を伸ばせば、彼はそれを絡め取って、ぢゅっ、と吸い上げた。

荒い二人の呼吸音だけが部屋の中に広がっていた。

やがて唇は離れ、二人はどちらからともなく、抱きしめ合う。

「ルイズ、好きだよ」

知っている。貴方が私の涙が好きだってことを。

ルイズはアランの耳元に唇を寄せる。そして、少し考えたあとこう囁いた。

「変な泣き顔でも引かないでね？」


アランの大きな手が白い双丘を這う。ルイズの小さくも大きくもない胸を彼は大事そうに下から包み込むように持ち上げて、それからぎゅっと鷲掴みにした。

そのまま肌の柔らかさを堪能するようにアランの手は動き、膨らみの先端にある赤い実を人差し指と親指でこねるように刺激した。

「んっんん――」

ルイズの身体が跳ねる。

素直に反応した彼女の身体に、アランは口角を上げた。

そして彼女の胸の谷間に唇を寄せ、ぢゅっ、と吸い上げる。

瞬間、わずかな痛みが走り、ルイズは「んんっ」と声を漏らした。

アランが唇を離すと、そこには赤い花弁のような痕がある。

「大丈夫だよ。ドレスを着たときに見えるような位置には付けていないから」

まるで言い訳のようにそう言って、アランは再びルイズの白い肌に唇を寄せた。

一糸まとわぬ姿のルイズには、どこもかしこも同じような赤い痕が付いていた。

胸はもちろんのこと、腹部、背中、腕、臀部、内腿、外腿……。

彼が痕を付けていない場所はもうないのではないかというほどで、ルイズはその数の分だけ幸福を感じていた。だって、その分だけ彼のものになったような気がしたからだ。アランは所有物の証として痕を付けていたわけではないだろうけれど、それでも熱に浮かされた彼女の頭はどうしても都合のいいようにものを考えてしまう。

「ルイズ、可愛いよ」

今だけはその言葉も、自分自身に向けられているように聞こえてしまう。

ルイズの秘所にアランは手を伸ばす。

もう濡れそぼっているそこは、彼の指を快く呑み込んだ。

「ん、ん――っ」

「痛くない？」

答える代わりに小さく頷いた。

すると、根元まで入った指がゆっくりと引かれ、そして、再び差し込まれる。

「んっ、ぁ、あっ、あぁ」

胸の頂に舌を這わせながら、アランはルイズの蜜を掻き出すように何度も指を動かした。

彼が指を動かすうちに、くちくちと粘り気のある水音は大きくなっていく。

「すごいね。いっぱい溢れてくる」

「やっ！」

「入り口もこんなにひくついてるね」

「そんな、ことっ、いわない……でっ！」

ルイズは羞恥でさらに赤くなった顔をふるふると振った。

そんなこと、言葉にされなくてもわかる。

自分がどれだけ感じているかなんて、蜜を溢れさせているかなんて、そんなこと。

彼の指が奥に差し込まれるたびに、ルイズの頭は沸騰しそうなぐらい熱くなっているのだ。

いつの間にか指は二本三本と増えていった。

「あ、あぁ、ん、あ、あぁっ――」

指の動きに合わせて、声が漏れる。恥ずかしくて苦しくてどうしようもないのに、今日は早くその先に進みたくてたまらなかった。

それをしたからといって彼と本当の意味で繋がれるというわけではないのに。

けれど、身体も心も繋がっていない今の状態は耐えられなくて。それならばせめて身体だけでも確かな繋がりが欲しかった。

（私は、アランが――）

――欲しいのね。

誰かをこんなに求めたのは初めてだった。

自覚した恋心は雪山を転がる雪玉のように、どんどん大きくなって、自分では制御できなくなっていく。

「ルイズ、ごめん」

アランはくつろげたズボンから猛った雄を取り出した。

大きく反り立つそれを見た瞬間、ルイズは固まってしまう。

（おお――）

きい、のか否かは、他の人のものと比べていないので正直わからなかったけれど、これが自分の中に入るとは到底思えなかった。

（だって――）

アランの広げてくれた場所は指が三本入るのがやっとで、それでも痛くて苦しいのに。

「こわい？」

「すこし、だけ……」

「ごめんね」

どうして謝られるのかと首を傾げていると、彼はどこか唸るように言った。

「今更やめられそうにない」

アランはルイズの膝を両手で持ち、彼女の足を割り広げた。

「やっ――」

「ごめん」

「あぁぁ――」

ルイズの裂肉を割って、アランの先端が押し込まれる。

それはゆっくりと、それでも確実にルイズの身体を開いていく。

「う、ぁ、あぁぁ……」

ルイズの声に重なるように、アランの荒い息遣いが部屋の中に満ちる。その興奮を隠しきれない彼の呼吸音だけでも愛おしくて、ルイズの奥がキュンキュンと疼いた。

そんな彼女の中の動きに耐えられなかったのか、腰を進めていたアランが苦しそうな声を出す。

「今、締めないで。乱暴に、なる」

「らん、ぼう？」

「最初ぐらい、優しく、したい、から」

そう言って額を撫でられて、その優しさに、胸が詰まった。

熱くなった胸の内は、溶けて瞳から溢れ出る。

「ルイズ。お願いだから、今泣かないで。本当に」

アランがそう言うのに呼応して、ルイズの中に入っている杭が質量を増した。その苦しさが、ルイズの瞳からまた涙を溢れさせる。

「だめだ。泣かないで。お願いだから」

その懇願に、ルイズはアランの首に手を回し、彼の顔を引き寄せて頬ずりをした。

「……いいから」

「ルイズ？」

「らんぼうでも、いい、から」

瞬間、アランが息を詰めたのがわかった。

アランはなぜかゆっくりとルイズから己を抜く。

そうして、ギリギリまで腰を引いたあと、ルイズの細い腰を摑んだ。

「――ぁあぁっ！」

ルイズが声を上げてしまったのは、いきなりとんでもない質量が自分の中に押し入ってきたからだ。

ばちゅんっと、容赦なく杭を突き立てたアランの目には、もう光はない。あるのは猛々しい欲だけだった。アランはそのままためらうことなく腰を動かし始める。

「ぁ、あ、やめ、あらぁ、ゃ」

ギシギシとベッドが鳴る合間に二人の肌が合わさる音がする。ぱんぱんと小気味のいい音に混じって、粘り気を帯びたいやらしい音が耳までも犯してくるようだった。

「ふぁ、ん、ん、んぁ」

「だから、いった、のに――」

アランはルイズの目元にある涙を舌で掬う。彼はそれを恍惚とした顔で味わいながら、ひたすらに腰を動かした。

「あらんっ」

「ルイズ、ルイズ、ルイズッ！」

互いに名前を呼び合いながら、どちらからともなくキスをした。まるで唾液を交換するような深いキスに、酸欠で頭がくらくらしていく。

アランはルイズの膝裏に手を回し、彼女を二つに折りたたむようにした。その上から思いっきり体重をかけてくる。先程よりも深く繋がりアランの切っ先とルイズの子宮口が触

れ合う。それと同時に、彼はピストンを再開させた。

「あ、やだ！　アラン！　や！　なんか、だめ！　変なところ、はいっちゃ――」

「だめ。逃げないで」

「やっ――」

逃げようとしたのが気に入らなかったのか、彼はルイズの身体を抱きしめるような形で固定した。そのまま最後を思わせるような抽挿を始める。

「ぃや、んぁ、ゃん、ん、んやぁ、きもち、ぁ――」

高まった熱はルイズの脳髄を溶かしてぐちゃぐちゃにしていく。

「ア、ラン、アラン！　いく。いっちゃ――」

「うん、僕も――」

アランの抽挿が奥に奥に向かうものになり、ルイズの高まりも最高潮に達していく。

「あぁんんん――っ」

全身が痙攣《けいれん》し、全身の筋肉が強張った。

頭が真っ白になったかと思うと目尻からまた涙が溢れ出る。

それと同時に、アランは腰をこれでもかと押し付けて、ルイズの中に白濁を放った。

◆◇◆

違和感を覚えたのは、いつからだっただろうか。

そうだ。きっとあのときだ。

『……私、じゃなくて、私の泣き顔が、でしょう？』

その言葉にうまく答えられなかったときから、歯車が狂い出した。正確にはもっと前から歯車は狂っていたのだろうけれど、意識したのはそのときが初めてだった。

好きなのは泣き顔だけなのか。

それに対する答えは、NOだ。そんなもの決まっている。

十何年も家族として生きてきてそこに好意がないはずがない。

けれど、彼女の言う『好き』はそういうものじゃないだろう。

だからこそ、何も言えなかった。何も答えられなかった。

それまで考えてこなかったのだ。ルイズのことをどういう意味で『好き』か、なんて。

向けている好意の種類に目を瞑っていたのだ。

だって、考えてしまったら深みにはまってしまいそうになるから。

だって、見てしまったら目を背けられなくなるから。

だって、気がついてしまったら戻れなくなるから。

自分たちはもう何年も姉弟として生きてきて、彼女との間に、関係に、何を叶えることができて何を叶えることができないかははっきりとしていたから。

いきなり、彼女との関係に制限がなくなったからといって、瞑った目をいきなり開けることはできなかったのだ。

あまりの眩しさに目が焼けるとわかっていたから。

だから、どうにでも解釈できるような曖昧な笑みを向けた。それを見て、彼女がどう思ったのかはわからなかったが、わずかに不服そうに眉を顰めていた。

その表情も見てみないふりをした。

ダンスの練習を始めてからも違和感はついて回った。

彼女の泣き顔は可愛いと思うし、綺麗だと思う。どんな美辞麗句を並べたって、彼女の涙を言い表すことはできない。それぐらい素敵だ。

だからこそ、ご褒美を強請った。

ずっとオペラのときの彼女の涙を忘れられなかったからだ。あの涙の甘さといったら、ルイズが最初に流した涙とはまた違う魅力があって、たまらなかった。一度覚えてしまえば忘れられない蠱惑《こわく》的な味がした。

けれど、ダンスをしているときのルイズにも目を引きつけられた。特に、それまでできなかったステップに成功して頬をピンクに染めている姿などは、衝動的に抱きしめたくなるぐらい愛おしかった。

その後二人で休憩と称し、お茶を飲んでいるときも、ルイズはずっと笑っているのに、泣いていないのに、胸の中はある種の幸福で満たされていた。

このあたりから、なのだと思う。

瞑っていた目を開けて、過去のことを振り返るようになったのは。

決定的だったのは、先程のことだ。

『なんで、泣いてるの？』

『え？　あ。ほ、本が、本がね！　とても良くてね！』

ルイズが泣いた姿に困惑した。泣かないでほしいと反射的に思ってしまった。

今まで彼女の涙を見たいと切実に思っていたのに、それが生きる理由になっていた時期もあったのに、今だけは彼女の涙を止めたいと思ってしまった。

そこまで考えて思い出した。前にもこんなことがあったな、と。

あれはルイズに『大嫌い』と言ってしまったときのことだ。アランが反射的に放った言葉に彼女は驚いて、顔をくしゃくしゃにして泣いてしまった。

その涙に、アランは興奮できなかった。むしろ、泣かせたことに途方もない罪悪感を覚えてしまった。以降、彼女に近寄らなくなるぐらいには、強いトラウマになる出来事だった。

振り返ってみれば、幼いルイズが雷に怯えて泣いている顔を見たときだって、母親を恋しがって部屋の隅で丸まっていたのを見たときだって、アランが潰したお見合いにショックを受けて目尻に涙を溜めていたときだって、興奮しなかった。

そのときにはもう自分の性癖も自覚していたのに、アランはルイズの涙を見ながら『早く泣きやんでほしい』と切に願っていた。

（どうして――）

疑問の答えを見つけ出そうとしたとき、ルイズの言葉が耳をかすめた。

『アランになら、襲われても、いいわ』

それはアランが直前に放った軽口に対する返答だった。

最初は何を言っているかわからなくて、次に聞き違いだと思った。

昨晩だってあんなに身体をよがらせて恥ずかしそうにしていたルイズがこんなことを言うなんて信じられなかったのだ。

『本気で言ってる？　今日はダンスの練習してないよ？』

『もしかして、私の涙じゃ、だめ？』

『……だめじゃないよ』

『ちゃんと、好き？』

『大好きだよ』

何度も言ったはずのその言葉が妙にしっくりと心に馴染む。

そうしてようやく、違和感の答えを得たような気がした。目が開いた気がした。
（あぁ、そうか。僕はルイズのことが）
好きなのか。
涙だけじゃなくて、その心も身体も、全部が好きなのだ。
（好きだったから――）
好きだったから、ルイズが自分のために流した涙がこの上なく嬉しかった。
好きだったから、ルイズの涙でしか興奮できなかった。
好きだったから、ルイズが人のために泣くのが許せなかった。
好きだったから、ルイズが悲しいときの涙には興奮できなかった。
ルイズの泣き顔が好きだから、彼女のことを好きなのではない。
因果関係が逆だった。
すべては気持ちから始まっていて、欲があとに付いてきたのだ。
アランはそれをまざまざと思い知った。
こんな状況で――
あとから考えれば、タイミングが悪すぎたのだろうと思う。
気がつけば唇を貪っていた。彼女が叩いた軽口を言質と取って、押し倒していた。
唇にキスをするのは、身体を開くのは、ルイズの心がこちらに向いてからだと決めていたのに。そうじゃないとさすがに可哀想だからと、決めていたのに。

「ルイズ、好きだよ」

抑えきれない気持ちが唇から溢れて音になった。

その告白にルイズは曖昧に笑って、『変な泣き顔でも引かないでね？』と赦《ゆる》しをくれた。


それからはずっと謝ってばかりだったような気がする。自分で自分の行動が制御できないなんてことがあるのだと初めて知って、混乱もしていた。

それまでは本能的な欲求は理性で抑え込めるものだと信じていたけれど、官能的な彼女の前では理性なんて紙くず同然なのだと思い知った。

『今、締めないで。乱暴に、なる』

『らん、ぼう？』

『最初ぐらい、優しく、したい、から』

本心だった。心からそう思っていた。

こんなふうに彼女の身体を開いていいはずがない。貪っていいはずがない。

けれど、止まれないならばせめて優しく――

なのに、ルイズの瞳から涙がこぼれた瞬間、もう何もかも無理になった。

泣き顔に対する欲求は彼女を想う感情からくるものだったけれど、それでも欲求は間違いなく欲求で。自分の中の触ってはいけない場所に、もう取り返しがつかない場所に、彼女の涙は落ちて広がった。

そしてダメ押しのように、ルイズはまた赦してくれる。

『らんぼうでも、いい、から』

このときばかりは赦してほしくなかった。結果は目に見えているから。愛し合うというよりも、愛を押し付けているだけの行為になってしまうとわかっていたから。


正気に戻ったときには、隣にぐったりとしたルイズがいた。

全身に赤い痕を散らしている彼女は、安らかな顔で眠っている。

一体何回しただろう。避妊さえもしなかった。外に出すなんてことは考えられなかった。

初めて彼女を抱くことになったら、宝石を扱うように優しく丁寧に大切にしようと心に決めていたのに、全部全部欲望に流されてしまった。彼女の涙にすべて持っていかれてしまった。

ルイズがどういうつもりでこちらに手を伸ばしてきたのかわからない。

こちらに気持ちがあったのか、それとも日頃の触れ合いで、彼女にも何か欲求が溜まっていたのか。それとも何か別の考えがあったのか。もしくは、ただの戯れか。

そのいずれだとしても、状況的にはどんづまりだった。

だって、ずっと『泣いている顔が好きだ』と言い続けてきたのだ。

彼女の心よりも、身体よりも、涙の方が重要だと。言葉にはしていないが、そう言い続けてきた。彼女だってそれはわかっていて。だからこそ、わざとこちらに涙を見せてきたりもした。

そんな自分が——

(今更どんな顔をして、君に好きだと言えばいいのだろうか)

第四章

結局、身体を重ねたのは、あの夜が最初で最後だった。

あれから一週間、アランの態度はどんどん硬化していった。人前ではいつもと変わらないように優しく接してくれているが、ダンス練習後のご褒美と称した触れ合いはなくなり、すぐに部屋に帰されるようになってしまった。

それどころか話しかけてもそっけなく、とにかく視線が合わない。無視こそされていないが、その頑なさはレオンがシュベール家に来る前にまで戻ってしまっているようだった。

(きっと、気持ちがバレたのよね)

あんなふうに強請れば、バレてしまうとは思っていた。けれど、バレてもそのままの関係が続くと思ってもいた。だって、アランは自分に惚れろとまで言っていたのだ。だから気持ちを向けたって、それ自体が嫌がられるとまでは思っていなかったのに――

（面倒に、なったのかしら）

それか、ルイズの想いがアランの予想よりも重たかったか。まさか、ルイズが自分から身体の関係を強請ってくるとは思わなかったのかもしれない。

（なんなのよ。惚れてって言ったくせに）

同じ気持ちを返してほしいなんて言っていないのに。片想いでも、想うだけでもいいとさえ思っていたのに。まさか、好きになることさえも拒絶されるとは思わなかった。

（それか、私の泣き顔が汚かった？　アランの求めるものじゃなかった？）

いろんな思考がぐるぐると巡り、最悪の気分だった。どの可能性も大いにありそうで気が滅入る。

（誰かに、相談したいな）

ルイズの塞ぎ込んだ気持ちは吐き出し口を求めていた。そうでなくてはもう心がいっぱいいっぱいで死んでしまいそうだったからだ。

しかし、問題は相談相手だった。

（エレーヌ様にアランと不仲だと思われるのはあんまりよろしくないわよね。レオン様の耳に入ってほしくないし、体調に響いてきてもいけないし。だからってソニアに相談したら心配をかけてしまうだろうし……）

ソニアはルイズについて王宮に来てくれていた。新しいことを覚えるのに大変な時期なのに、こんなことで悩ませてはいけない。

（それに――）

できれば相談相手は男性が良かった。アランがどう思っているのかを知るためには、相談相手は彼と同性の方がいいと思ったのだ。

でもそうなってくると人選に困ってしまう。

兄であるジャンは異性云々の前に相談者に不向きだ。お調子者で拡声器の彼は、アランとルイズが不仲だと知ればきっと周囲に相談して回るだろう。それは困る。すごく困る。

父であるドミニクには是非とも相談したいが、彼は今この場にいない。レオンの誕生祭には王宮に来ると言っていたが、そこまで待っていたらルイズの不安が膨らみすぎて破裂してしまうかもしれない。

（でも私には他に頼れるような男性はいないし……）

そんなふうに悩んでいるときだった。

「ルイズ様！　ドレス、どんなものにするか決めました？」

ソニアの声がルイズを現実に引き戻した。

ルイズの鬱屈《うっくつ》とした気分とは真逆の表情で彼女は楽しそうにくるくると回っている。

「楽しみですねぇ。どんな色があるんでしょうか。王族御用達の商家さんって、一体どんな感じなんですかね!?　ほんと、ドキドキです！」

ソニアはまるで自分ごとのように喜びながら何度もルイズのクローゼットを開けたり閉めたりしている。

そう、いつもは家庭教師と勉強している時間にルイズが自室にいる理由。

それは、レオンの誕生祭のためのドレスを選ぶためだった。

急なことなのでオーダーメイドのドレスは作れないが、色と形と装飾をそれぞれ選ぶセミオーダーのドレスならば間に合うということでそれを作ることになったのだ。

そして、今日はそのための商人がここに来るのである。

「今回はアラン様と装飾の色を合わされるんですよね？　何色にするんですか？」

「アランは何色でもいいって。『僕がそれに合わせるから』って」

「それじゃ、選びたい放題ですね！」

楽しそうなソニアを見ながら「そうね」とルイズはため息をついた。ドレスのことを聞きに行ったときのアランの素っ気ない態度を思い出してしまったからだ。

そうしていると、扉がノックされた。同時に女性の使用人の声。

「失礼します。バスティーヌ商会の方がこられています」

「はーい。通してください」

答えたのはソニアだった。

その声をきっかけに扉が開いて、次々と色とりどりの生地で作られたドレスが運び込まれてくる。

見たこともない数のドレスにソニアが「わぁ」と声を上げ、ルイズも目を丸くした。そのあとに続いて大量の布と大きな箱を抱えた男性も入ってくる。あの箱の中には装飾品の見本でも入っているのだろう。

物が一通り運び込まれると、続いて黒い詰め襟のドレスを着た女性が三人ほど入ってくる。そして最後に男性が一人顔を覗かせた。

彼は恭しく腰を折る。

「この度は我がバスティーヌ商会に声をかけていただきありがとうございます。私が代表のニコラ……え？」

「あ！」

男性が言葉を止め、ルイズがほうけた声を出したのには理由があった。

「貴方は、あのときの！」

「オペラで――」

二人は同時に目を丸くする。

そう、彼はオペラで泣いていたルイズのことを助けようとしてくれた男性だったのだ。

男性の名前は、ニコラ・バスティーヌ。バスティーヌ商会の現代表らしい。王宮御用達の商会は現在三つほどあり、バスティーヌ商会は祖父の代からその中の一つに入っているそうだ。

「本当にびっくりしました。王族の客人が貴女だったとは！」

「私もびっくりしました。まさか再会できるだなんて……」

ニコラはどうやらレオンから『客人のドレスを作ってやってほしい』と頼まれていたらしい。なので、ルイズたちの詳しい事情は知らないようだった。

ニコラは、ルイズに持ってきた布の紹介をしつつ会話を進める。

「普段は王都で仕事をしているのですが、あの日はたまたま妹があの演目を見たいと駄々をこねましてね。『ヴィオブール戦記』でしたっけ？　妹はあれの大ファンで。それまで休みをあまり取っていなかったこともあり、軽い旅行のつもりでわがままに付き合ったんですよ」

「そうなんですね」

「でもまぁ、妹は第二部を見ることなく帰ってしまったんですが」

「喧嘩、したんでしたっけ？」

「ええ。まったくアイツは、本当にわがままだから困ります」

決していい別れ方をしたわけではないのに、ニコラはそう言って朗らかに笑った。

ルイズが客だからか、彼がもともとそういう気性だからかは知らないが、話しやすい雰囲気を作ってくれるのはありがたい限りだ。

「しかし、こんなところで再会できるのですから、妹のわがままにもたまには付き合っておくべきですね。……と、あんまりこうして話しているとまた恋人の方に睨まれてしまいますね」

「恋人？」

「いたでしょう？　オペラのときに」

その言葉に、彼の言う『恋人』がアランのことを指しているのだと知る。苦笑を浮かべているのはそれが彼の中でも多少苦い思い出として残っているからだろうか。

「彼とは、その、恋人ではないんです」

「そうなんですか？　とても仲が良く見えましたが」

「私の片想いなので……」

ニコラがルイズたちのことを何も知らないからこそ言える言葉だった。二人が結婚すると知っていたらこんなことは言えない。

ニコラは驚いたように目を丸くした。

「そうなんですね。それはそれは、とんだ失礼を」

「いえ」

「しかし、あんなふうに威嚇《いかく》をしてくるから、てっきりお二人は恋人なのだとばかり」

「威嚇、してましたかね？」

「えぇ。これでもかってぐらいに」

彼はドレスの生地に指を通しながら、こちらに向かって微笑んだ。

「こちらに来られてまだ日が浅いとお聞きしました。もし何かご相談に乗れることがあったら、いつでもお声がけくださいね」

「相談、に、乗ってくれるんですか？」

「えぇ、もちろん。王宮のことならば、私の方がまだ詳しいでしょうからね。今回のみでドレスのデザインは決まらないでしょうし、試着とかで何度かこちらに通うと思いますから、そのときにでもお気軽に」

「連絡先も渡しておきましょうか？」とニコラは胸元のポケットからメモ用紙のようなものを取り出し、サラサラと住所を書いて、こちらに差し出してきた。

「どうして……」

「これも何かのご縁ですからね」

歌劇場でのことも含めて言っているのだろう。ニコラは目を細めた。

ルイズは受け取ったメモ用紙にしばらく目を落とす。そして、何かを思いついたかのように顔を跳ね上げた。

「あ、あの！　それって、れ、恋愛の相談でもいいんでしょうか？」

「え？」

ニコラの目が数度瞬いた。当然だ。彼は王宮に不慣れなルイズを気遣って、相談してもいいと言ってくれたのだから。そこでまさか恋愛の相談が来るとは思うまい。

しかし彼は、すぐに表情を柔和なものに変えた。

「もちろん構いませんよ。私でお力になれるかどうかはわかりませんが」

「あ、ありがとうございます！」

ルイズは顔を輝かせたあと、頭を下げた。

◆◇◆

気がつけば、不用意にルイズのことを抱いてから十日以上の時間が過ぎていた。

あれからアランはルイズのことを避け続けていた。

話しかけない。視線を合わせない。話しかけられたときは無難な言葉を返し、すぐさま距離を取る。ダンスの練習には付き合うが、練習が終わればすぐに部屋に帰し、できるだけ二人っきりにならないように、常に誰かと行動をともにした。

それらは、叔父――とも呼びたくないあの男、ダニエルの周りが最近きな臭くなっていることが原因だった。

　これまで大人しくしていたダニエルだが、ここ最近になって金回りが異様に良くなり、屋敷にも頻繁に人が出入りするようになったという。出入りしている人間の素性はまだ詳しくはわからないが、判明している限りでは、人に言えない経歴を持っている者もいるようだった。

『何かを企んでるってことはないと思うけど、一応警戒はしておいてくれ。お前が生きていることがバレたのかもしれない』

　レオンはダニエルのことを告げたあと、そう付け加えて渋い顔をしていた。

　だからこそ、アランは万が一のことも考えてルイズと距離を――

（いや……）

　そんなことはただの建前だった。

　確かにダニエルがアランの生存を知ったのなら、結婚相手であるルイズも危険にさらされる可能性がある。しかし、言い方は悪いが、ルイズは所詮ただの結婚相手だ。ダニエルが消し去ってしまいたいのはアランに流れている王族の血であって、替えの利く結婚相手ではない。

　ダニエルの立場からすれば、ルイズをどうこうするために策略を巡らせるのは、リスクに対してあまりにもリターンが悪すぎるのだ。

　ルイズが絶対に安全とは言わないが、今この段階でアランがルイズを避けなくてはならないほどの理由にはならない。

だからつまり、アランがルイズを避けているのは、ひとえに彼女に合わせる顔がないからなのである。

(臆病だな……)

アランは王宮の廊下を歩きながら短く息を吐き出した。

ルイズを抱いてからというもの、『彼女に気持ちを伝えたい』と『今更何を言うんだ』という思いが交互にやってきてはアランをさいなんでいた。

更にはルイズを乱暴に扱ったことも彼の足を遠のかせていた。あんなふうに抱いて、ルイズは傷ついたのではないか。嫌だったのではないか。

(それなのに僕は――)

また彼女を抱きたいと思っている。

あの甘さをもう一度味わいたいと思ってしまっている。

性懲りもなく、彼女が快楽によって流す涙をもう一度見たいと思ってしまっている。

「やっぱり、もう少し離れてないとだめだな」

ため息交じりにそう呟いたとき、聞き間違えようのない声が耳をかすめた。

「ルイズ？」

アランは声のした方向に目を向ける。

視線の先にはルイズの姿があった。ベンチに座っている彼女の隣には茶色い髪の若い男――ニコラ・バスティーヌがいる。

(最近、アイツとよくいるな……)

たまたまオペラで出会ったあの男が、王宮御用達の商会の代表だということは先日知った。たまたま今日のようにルイズと二人で話しているのを目撃して、慌てて相手の男の素性を調べたのだ。

(ドレスのことでも話してるのかな)

レオンがルイズのドレスをバスティーヌ商会に依頼したことは知っていた。

けれどドレスのことを話しているにしては妙に二人とも表情が優れない。もしかすると、何か憂慮するようなことでも起こったのかもしれない。

アランは心配半分嫉妬半分の心持ちで二人にそっと近づき、耳を澄ませた。すると、落ち込んだようなルイズの声が聞こえてくる。

「――でも、やっぱり諦めた方がいいんでしょうか」

「そう、ですね。確かに、ルイズ様の話を聞く限りだと望みは薄いかもしれません」

「ですよね……」

(諦める?)

アランは、ルイズの放った言葉に、声色に、何か嫌なものを感じた。

このトーンで話しているのだ。やっぱり二人はドレスのことなど話してはいない。

ルイズは肺の空気をすべて吐き出すような長い息を吐いたあと、ベンチから立ち上がり、ニコラに向かって深々と頭を下げた。

「今回は、相談に乗っていただいて、ありがとうございました」

「いえ！　私は何も。結局、話を聞いただけで大したアドバイスはできませんでしたし……」

「そんなことないです！　私、今までこういうことを誰にも相談したことがなくて。いえ、そもそも、恋とかもしたことがなかったので当然なんですが。なので、話を聞いていただけて、すごく助かりました！」

(恋？)

その言葉に耳を疑った。ルイズに想い人がいたというのは初耳だったからだ。

幼い頃から今まで、彼女が恋に悩んでいる姿などアランは見たことがない。

意識を向けてくるアランの存在に気づかず、ルイズは話を続けた。

「しかもこんな、失恋確定の話。こんなふうにちゃんと聞いてくれる人いませんよ」

ルイズが放った『失恋』という単語に、アランは息を詰めた。同時に走った胸の痛みで自分の期待を思い知る。

『恋』と聞いて、アランは、もしかしたらルイズの想い人は自分なのではないかと、一瞬、無意識に期待してしまったのだ。

だって、彼女に一番近い男はどう考えても自分だ。

十数年間、あまり会話はなかったけれど一緒に暮らしていて、将来結婚をする仲で、先日は身体を重ねた。

(まぁ、全部僕からの気持ちの押しつけだけど……)

しかし『失恋』ということならば話は変わってくる。アランはルイズのことを振ってはいないし、あんなに彼女に対して好きだの大好きだの言っているのだ。好かれているとは思っても嫌われているとはまさか思うまい。それにアランは、以前ルイズに対して『惚れて』とまで言っているのだ。

だから、ルイズが言っている恋の相手はアランではない。

(それなら、ルイズが好きな相手は――)

そのとき、アランの脳裏にルイズとの会話が蘇ってきた。

あれは、確かルイズのタイプを聞いたときだ。

『私のタイプは、金髪で、碧眼で、王子様みたいな人で。意地悪じゃなくて、おっとりと優しくて、太陽みたいに笑う人で……』

アランはその言葉に、『レオンみたいだね』というようなことを返した気がする。

(もしかして、本当に？)

胸がざわめいたのは、王宮に来る前にルイズから言われたことを思い出したからだ。

『こんなふうに暗いところで見たら、そっくりかも……』

思い出した言葉に嫌な想像が働いた。

どうしてルイズは、あの日急にアランに身体を許したのか。

もしその理由が、『アランとレオンが似ているから』だとしたら？

（僕に抱かれながら、レオンを見ていた――？）

そう考えれば、すべての事柄に説明がつくような気がした。

ルイズが大人しく王宮に来たことも。

レオンと踊るためのダンスを頑張っていることも。

急にアランに身体を許したことも。

そのことに思い至った瞬間、呼吸が浅くなり、背中に変な汗が伝った。目眩を覚えて、瞼を閉じれば、暗闇の中にこちらに手を伸ばす一糸まとわぬルイズの姿が映し出される。

『あらんっ！』

（ルイズがあのとき、本当に呼びたかった名前は――）

そんな考えを裏付けるようなルイズの声がこちらまで届く。

「なんか、もっと綺麗な顔で生まれたかったなぁって、今回のことで思っちゃいました。そうしたら、選んでもらえたかもしれないなって」

「それは――」

「それでも、結局はだめだったんだろうなぁ」

ルイズはそう言って苦笑いを浮かべていた。

王妃であるエレーヌは他国から『花の化身』と言われるほどの美貌を持っている。アランも数回しか顔を合わせていないが、確かにあれは世界でも有数の美人に入るだろう。

もしかすると、ルイズはエレーヌと自分を比べているのかもしれない。

「それで、結局どうするんですか？」

ニコラの質問にルイズは「んー」と悩ましげな声を出した。

「諦めた方が楽になるだろうなっていうのはわかっているんですけど、もうちょっと気持ちは持っておこうかなって、今は思っています」

気持ちを吐き出したからか、彼女はどこかスッキリとした表情で目を伏せる。

赤らんだ頬はまさしく恋する少女のそれだった。

「気持ちって、どうこうしようと思ってできるものじゃないですし。頑張っていたら、何か間違いがあって振り向いてくれるかもしれませんし。……それに、振り向いてくれなくても、想っているだけなら自由かなって」

「頑張ってくださいね」

「えへへ。どうせ負け試合ですけどね」

可愛らしくはにかんだ彼女を見て、胸の中に黒いモヤがかかった。

こんなふうに避けている状態で、彼女のことを傷つけた分際で、嫉妬なんてするのはどうかしていると思う。けれど、どうしても止められなかった。

アランは下唇を嚙みしめたあと、逃げるようにその場をあとにするのだった。

◆◇◆

「ルイズって、好きな人がいるの？」

アランにそう聞かれたのは、避けられ始めてから十日ほど経った夜のことだった。

場所はアランの部屋。ダンスの練習が終わった直後で、ルイズは夜着姿のままアランを見上げる。

「えっと、何の話？」

「今日、ニコラと話してるのをたまたま聞いて」

「あ、あぁ……」

声が上ずったのは、まさかあのときの会話をアランに聞かれていたと思わなかったからだ。アランについての相談をアラン自身に聞かれる。これ以上恥ずかしいことはなかなかない。

（もしかして、今日ずっと不機嫌だったのはそのせいかしら？）

アランはルイズが部屋を訪ねたときからずっと不機嫌だった。言葉数は少ないし、口角はずっと下がっている。視線は前以上に合わないが、合ったと思ったら、物言いたげな視線を向けられる。

ここ最近避けられているといってもここまでの態度ではなかったので、どうかしたのかと思っていたのだ。

「どこまで聞いていたの？」

「結局、諦めきれないって話まで」

「ほとんど全部ね……」

「そんなに好きなの？」

「え!?」

「どうしても諦められないぐらい、好きなの？」

「そう、ね」

状況に戸惑いながらルイズは頷いた。同時に羞恥で頬が熱くなる。

一体アランはルイズに何を言わせたいのだろうか。

話を聞いていたのなら、ルイズの好きな人がアランであることは知っているはずだ。そうじゃなくても、先日の出来事からルイズの気持ちはわかっているはずなのに。

（もしかして、気持ちぐらいなら受け止めてくれる気になったのかしら）

アランの問いかけは、ルイズに告白を促しているように聞こえる。ルイズの気持ちを面倒に思っているなら、こんな問いかけはしないのではないだろうか。

同じ温度と色の気持ちは返せないけれど、それでも受け止めてくれる気になったのかもしれない。

そこまで考えて、唇がわずかに孤を描いた。

ルイズはしばらく視線を彷徨わせたあと、ぐっと唇を引き結び、ある種の決意を込めた目でアランを見上げた。

「べ、別に、迷惑をかけたいわけじゃないの！」

「……」

「その、好きになってもらいたいとかじゃなくて！　好きでいさせてくれたら、それで良くて！　あぁでも、その、気持ちを返してくれるなら、それが一番なんだけど――」

「やめといたら？」

ルイズの言葉を遮るようにアランはそう言葉を落とした。

「え？」

「可能性が薄いなら、諦めた方がいいんじゃない？　相手だって迷惑だろうし」

「あ、いや。でも……、想うだけだし」

「それでも、迷惑だよ」

アランの発した『迷惑』の一言に、喉の奥がひゅっとなった。

自分は一体何を勘違いしていたのだろう。

アランはルイズの気持ちを受け止めようとしたのではない。

ルイズに諦めさせようとしていたのだ。

その事に気がついて、気持ちと共に視線が落ちた。

『迷惑』という言葉が頭の中をぐるぐると回る。

「想うだけでも、迷惑、かな……」

「迷惑だと思うよ。妙な期待をせずにさっさと諦めた方がいいと思う」

ためらうことなくバッサリと気持ちを切り捨てられ、ルイズの呼吸は止まった。

迷惑。

アランはルイズの気持ちが迷惑だとはっきり告げてきたのだ。

床を見つめている目の縁にじわじわと涙が溜まっていくのがわかる。

「そうよね。迷惑、よね……」

「うん」

「ごめん、なさい」

瞬きをする必要もなく、涙がこぼれた。大粒の涙が、ぼた、ぼた、と落ちて絨毯の上にシミを作っていく。ルイズはそれらを手のひらで拭った。

なんというか、恥ずかしかった。わかっていたはずなのに勝手に期待をして、少しでも自分の都合のいいように彼の言動を解釈した自分自身が恥ずかしかった。もうその行動が自分のうぬぼれを表しているようで。

「そんなに好きだったの？」

確かめるようにそう聞かれ、嗚咽が漏れてしまわないように頷きだけで返事をした。

アランは「そう」と低い声を出す。

（そんなに、嫌だったんだ）

嫌悪を含んだその声に、ますます項垂れた。

よく考えれば、ひどい話だと思う。泣いた顔が好きだと半ば無理やり結婚を決めて、けれど、こちらが好きだと気持ちを向けたら、それは面倒だからと突き放される。

結局、アランが欲しかったのは『自分のために涙を流してくれる人間』で、それがルイズである必要性はなかったのだ。ルイズはたまたま彼の一番近くにいた女性というだけ。

（それでも――）

それでも彼が好きだという事実が、一番ひどい話のような気がした。

さめざめと泣いているルイズがまた面倒になったのだろうか、アランは長いため息をついた。

「その涙は、嫌だな」

アランの声に顔を上げると、いきなり口を塞がれた。塞いできたのが彼の唇だということを理解した瞬間、側にあったベッドに押し倒される。

「え？　ちょ――」

「ルイズ、久しぶりにご褒美ちょうだい」

天井を背景にして、悪魔が笑う。

その笑みは心からの笑みというよりは、どこか無理をして貼り付けたもののように感じた。

アランがルイズの首筋に顔を埋める。それがどういうことなのか瞬時に理解して、ルイズは手を突っぱった。

「や、やだ！」

「ルイズ」

「今日はいや！　無理！」

「本当に？」

確かめるようにそう聞かれ、ぐっと言葉に詰まった。

アランは全部わかっているのかもしれない。

ルイズが心の奥底でこうなるのを望んでいたことを。彼のことが好きで、抱かれたいと思っていて、本気で迫られたら拒否ができないことを。

（それでも今日は――）

「やだぁ……」

ルイズは顔を覆う。指と指の隙間から、彼のことを思う気持ちが溢れて、こぼれる。

「ルイズ？」

「思いっきり振ったあとにそういうことしないで！　私、そういうこと割り切ってできない。あんまり触られると、諦めきれなくなっちゃう！」

肌を合わせた一瞬の幸福に縋って生きていくようなことはしたくなかった。幸せの絶頂から最下層に落ちる地獄はもう味わいたくない。

もう抱かれた翌日にそっけない態度を取られて、胸を痛めたくない。

「私がアランのこと好きだと困るんでしょう？　迷惑なんでしょう？」

「は？」

「なのに、なんでこういうことするの！　そんなに泣いた顔が好きならいくらでも別のとで泣くから、もう今日はやだぁ！　そういうのはやだぁ！」

まるで幼子のようにルイズは両腕と両足をばたつかせて抵抗する。

しかしアランは彼女の上から降りることはなく、それどころかルイズの手首を摑んでベッドに押さえつけた。

「放して！　放して！　放して！」

「ルイズ」

「もうヤダ、アランなんて嫌い！　大嫌い！」

「ルイズ！」

怒ってはいないけれど、少し強めにそう言われ、ルイズは大人しく抵抗をやめた。

そして、いつの間にか瞑っていた目を開ける。

すると、そこにはなぜか顔を真っ赤にしたアランがいた。

あまりの表情の変化にルイズが「え？」とほうけた声を出すと、彼はルイズの手首を掴んでいた手を放し、自らの顔を隠すように覆った。

「ごめん。今の聞き違い？」

「何が？」

「もしかして、ルイズは僕のこと――」

「大嫌い？」

「そっちじゃなくて！」

アランは頭をガシガシと掻くと、意を決したように口を開く。

「もしかして、僕のこと好きって言ってくれた？」

まるで初耳だというようにそう問われ、ルイズは唇を尖らせた。

「なんで改めて聞くのよ。だからアランは、迷惑だって言ったんでしょう？」

「それは……」

「諦めてほしいだけなら、もっと言い方があるでしょう？　なのに、なんでそんな、私のこと傷つけて――」

一瞬だけ収まった涙が再びこみ上げてくる。

涙なんか流したって、アランが喜ぶだけなのに、どうにも止まらない。

「迷惑、なんて、いわないでよお……」

「ルイズ」

「好きで、いる、ぐらい……いいじゃない。アランの、けちぃぃ」

両手の甲を目元に当てながらひっくひっくと子供のようにしゃくり上げる。

そうしていると、アランの方から「ぁ――……」と情けない声が聞こえた。

手の甲を少しだけずらしてアランの方を見れば、彼は青い顔で頭を抱えている。

「ルイズ、ごめん」

「今更、謝られたって……」

「違う。いや、違わないんだけど。……多分、全部僕の勘違いだ」

十数年間一緒に暮らしてきたけれど、二人で膝を突き合わせて話をするという経験は初めてだった。

「なんで、そういう話になるのよ」

「ルイズだって、なんでそういう話になるわけ」

話をすり合わせた二人は、そう言って同時にがっくりと項垂れた。

結論から言えば二人は両想いで、これまでのゴタゴタは盛大にすれ違っていたが故に起こったことだった。

「でもだからって、なんで私がレオン様のことを好きだとか……」

「ルイズだって、なんで僕が他の女性を好きだなんて妄想を……」

「もー！　妄想とか言わないでよ。こっちは真剣だったんだから！」

「こっちだって、真剣だったよ」

いつもの調子を取り戻した二人は、軽い言い争いのような会話を続ける。

「でも、そうだね。泣かせたのは、本当にごめん」

そう言ってアランはルイズの目元に恐る恐る触れる。泣きすぎたためか、ルイズの目は赤く腫れ上がっていた。

アランのいつもより高い体温がルイズの皮膚の上を滑る。

「泣き顔が好きなのに、そういうのは気にするのね」

「泣き顔は好きだけど、ルイズが悲しんでいるのは嫌いだよ」

「……知ってる」

「そう」

目が合った二人はどちらからともなく笑みをこぼした。

もうその瞬間だけで愛おしい。

「ごめん。目、痛い？」

「ちょっとだけ」

「何か冷やすもの持ってこようか？」

「やだ。今はここにいて」

「今日は甘えたい気分なの？」

「両想いになった日ぐらい、甘えたいわよ」

ルイズはアランの服をぎゅっと摑み、「だめ？」と強請った。

それが彼の心に届いたのかはわからないが、アランは自身の顔を両手で覆い、「はああぁぁ」と息を吐いた。

「あんまりそういう可愛いこと言わないで」

「どうして？」

「変なことしたくなる」

「……今は泣いてないのに？」

「泣いてなくても、僕は好きな相手とはそういうことがしたいよ」

「泣いてたら？」

「余計にしたい」

脊髄《せきずい》反射の速度で返ってきた答えに、ルイズは「もぉ！」と彼の胸を叩いた。

「ごめん、ごめん。……でもルイズが悪いんだよ？」

「私？」

「ルイズが僕をこんなふうにしたんだから」

「それは――」

「責任、取ってくれる？」

アランの言葉を正しく理解して、ルイズの頬は赤らんだ。

そしてしばらく言葉を選んだ末、蚊の鳴くようなか細い声を出す。

「今日は優しくしてね？」

アランはそれに応えるように、ルイズの唇にキスを落とした。


月明かりだけが照らす暗い室内にピチャピチャと卑猥な水音が響く。

ヘッドボードに上半身を預けているルイズは、荒い呼吸を繰り返しながら、立てた膝を広げていた。ルイズの両膝の間にいるのはアランで、彼は舌と指を使ってルイズの中心を解していた。

「や、もう、アラ、ン、やめ――」

アランの分厚くて長い舌がルイズの中を優しく攻め立てる。舐めると同時に指を出し入れされ、掻き出された透明な蜜がお尻の方に滴った。

「や、だぁ、も、ぅぁ」

「ルイズが優しくしてって言ったんでしょ」

「そう、だけ、ど。やさしいって、そういうことじゃ、なくてぇ――んんっ」

身体をくの字に曲げているので、裂肉の間から蜜が溢れているのがルイズからも見える。

そして、それを舐め取るアランの姿も。

ルイズの秘所にアランはちゅっと口づけをする。そして、こちらを向いて微笑んだ。

「ルイズから流れるものは何だって綺麗なんだね」

「そんなわけないでしょ！　そんな――」

「綺麗だよ。涙と同じぐらいそそられるかも」

彼はそう言って、再びピンク色の割れ目に舌を這わせ始める。

その瞬間、背筋を電流が駆け抜けて、ルイズは身体を反らした。

「ぅぁあぁぁ――」

それだけ攻められているのに、ルイズはまだ一度も達していなかった。

高まりが頂点を迎える寸前に、アランがいつも愛撫をやめてしまうのだ。

なのに、アランはいつもよりも執拗にルイズを攻め立てる。

「あ、あぁ、んんん」

「ルイズは、ここがいいんだよね？」

どこか楽しそうにそう言って、彼はルイズの中に入れている指をくの字に折り曲げた。

瞬間、ルイズの全身に電気が走る。

「あぁぁ――っ」

「くすぐるのも好きだけど、強く押すのも好きだよね？」

そう言った直後、アランは指の腹でルイズの弱いところをぐりっと押した。その刺激にルイズが「ぅっ」と小さく声を漏らすと、彼は執拗に何度も同じ場所を攻めてくる。

「あん――ぅう」

太腿に変に力が入り、小刻みに震える。

その様子を見てアランがふっと笑みをこぼした。

「ルイズが震えてるのって、まるで泣いてるときみたいで、すごくいいよね」

「も、そんなっ……」

「ここも、涙を流したときの目元みたいに赤くなっていて、すごくいい」

そう言って、アランは分厚い舌でルイズの赤い芽を舐め上げた。そしてそのまま、ちゅっ、と吸い上げられる。

「あぁあぁあっ！」

あまりの刺激にルイズは再び身体をのけぞらせた。反射的に膝を閉じようとするのだが、間に入っているアランの頭が邪魔になって閉じられない。

気持ちがいい。気持ちが良すぎる。

ルイズの身体にくすぶる熱はもういつ限界を迎えてもいいぐらいに高まっているのに、あと一押しが足りない。

先程身体を反らしたせいか、ヘッドボードに預けていた背はいつの間にかずり落ちていて、ルイズは完全に寝転がった状態でアランに足を広げていた。

「アラン、お願い。もう――」

そう求めてしまったのは、もどかしさが限界に達したからだ。

舌や指では届かないところに触れてほしい。

もっと太いもので蜜を掻き出してほしい。

この高まった熱を吐き出させてほしい。

けれど、そういった願いをアランはまったく聞き入れてくれない。

なんだかもう、拷問のようだった。優しくない。全然優しくない。

涙が自然とルイズの頬を伝い、それを見てアランは恍惚とした笑みを浮かべた。

「可愛い」

「――っ！　アランの変態！　えっち！」

「知ってるよ」

アランの余裕を湛えた笑みが悔しくて、ルイズは涙を見せないように顔を背けた。

そうして隣にあった枕に顔を埋める。

「ほらルイズ、こっち向いて」

「やだぁ！」

「ルイズ」

「いや！　アランってば、やっぱり涙ばっかり！」

ルイズは枕越しのくぐもった声でそう抗議した。

アランはルイズ自身のことを好きだと言ったけれど、身体を震わせている様や、充血した花芯まで、泣き顔や涙に関連付けて表現されると、ちょっと自信をなくしてしまう。やっぱり彼が好きなのは泣き顔だけなんじゃないかと。

そんな彼女にアランは「んー」と悩ましげな声を出す。

「こっちを向いてほしいのは別に泣き顔が見たいからじゃないんだけれど。でもそうだね。ルイズがその格好を望むなら今日はこうしようか」

「へ？」

いきなり腰を摑まれたかと思うと、身体をひっくり返された。アランがそのまま腰を持ち上げたので、ルイズは臀部を彼の方に突き出す形になってしまう。

ルイズは「え？　ちょっと！　待って！」と慌てたように声を上げた。

「大丈夫。涙があってもなくても、僕はちゃんと大好きだから」

その直後、太くて熱い杭がルイズの中心にあてがわれる。ちゅぷぷぷぷ、と先端を押し込まれて、ルイズは慌てたような声を出した。

「え？　ちょっとっ！　こんな、動物みたいな――ぁあぁぁっ！」

抗議している最中にもかかわらず、アランの雄は容赦なくルイズの身体を貫いた。

「ぁ――！」

ルイズは枕に顔を埋めたまま身体を硬直させた。頭の中が真っ白になり呼吸も止まる。枕をこれ以上ないほどに強く抱きしめて、彼女は身体を震わせた。

「入れただけで達したの？」

意地悪くそう聞かれ、「アランのばかぁ……」とルイズは枕に向かって悪態をついた。後ろを振り向けなかったのは、そう言っている最中も身体がぴくぴくと小刻みに跳ねていたからだ。

アランはぐりぐりと奥に先端を押し付ける。

「んっんんっ」

「ルイズ、あんまり甘えてこないで。そんなに甘えられると手加減ができないから」

「甘えて——？」

「甘えてるよ。ルイズの中が、すごく僕に甘えてきてる」

どこか苦しそうに聞こえるのは、アランも快楽と戦っているからだろうか。

アランはそのまましばらく奥をとんとんと優しく叩きながら、自身とルイズをなじませる。

そうして、ルイズの中が落ち着いたのを見計らって、ゆっくりと腰を動かし始めた。

「ん。ん。ん」

アランの腰が打ち付けられるのと同じリズムで、ルイズの声が漏れる。

最初はルイズを気遣うようなゆっくりとした速度だったが、興が乗ってきたのかアランの腰はだんだんと速くなっていく。

「ぁん、ん、ん、ん、ゃぁ」

ぱちゅぱちゅと二人の肌が合わさる音がする。

アランの先端がルイズの気持ちがいいところを入念に擦り上げ、ルイズはいやいやと首を振った。

「アラン、ちょっと、まって！　いやぁっ」

一度達した身体はいつもよりも簡単に熱を溜め込み、高まっていく。

達したくて達することができないのも辛いが、こんなふうに短い間で何度も達するのも辛くて、どうにかなってしまいそうだ。

「ちょ、アラン、待って――！」

叫ぶようにそう言って振り返った瞬間、ルイズは彼の思惑を知った。

「やっとこっち向いてくれた」

「なっ――」

そうまでして泣き顔を見たいのかという反抗心と、ルイズの泣き顔が大好きだと豪語する彼らしさへの愛おしさがまぜこぜになって、ルイズは「もぉ」と唇を尖らせた。

「ア、ランの、いじ、わるっ」

「うん」

「ばかばか――ぁっ」

「そうだね」

ルイズの怒りをすべて受け流しながら、彼は口元に笑みを浮かべた。

その間もアランは抽挿を続け、ルイズの身体に熱を溜め続ける。

高まった熱に、ルイズの口がハフハフと動く。摑んでいるシーツのシワに自分の限界が現れているようだった。

「もう、やだぁ。イきたぃ……」

「うん。今日はこのままイこうね」

アランはルイズの目尻に唇を落としたあと、そのまま後ろからルイズの身体を抱え込んだ。そして――

「あぁぁぁ――！」

最後を思わせるような抽挿を始める。

欲しかった刺激にルイズの目から再び涙が溢れ、それを見たアランが甘ったるい声を出す。

「ルイズ、可愛い」

その言葉が引き金だったのか、ルイズは自分の中の高まりを感じて身体をこわばらせた。

呼吸が止まり、頭が真っ白になる。

ルイズは身体をのけぞらせ、小さく痙攣した。


気がついたときには、ルイズはシーツの上に突っ伏していた。隣には満足そうなアランがいて、ルイズの赤毛を丁寧に梳いている。

「やっぱりルイズの泣いた顔は最高だね」

嬉しそうにそう言われ、ルイズは怒りで顔を紅潮させた。

「もうやだ！　アランの変態！」

第五章

　ここ最近、二人の朝はアランの部屋から始まる。

「アラン、お願いだから、もう放して――」

「いーや」

「嫌じゃなくて！　今日はだめって言ってたでしょう？」

　一糸まとわぬ姿の二人は、大きなベッドの上にいた。背中を向けるルイズを抱え込んだアランは、ルイズの耳元で甘ったるい声を出した。

「ダンスの予行練習って言ったって、ちょっとレオンと踊るだけでしょう？　待たせとけばいいよ、そんなもん」

「そういうわけにもいかないでしょう！　相手は国王様よ!?」

「僕にとってはただの兄だよ」

「アランにとってはそうかもしれないけど——！」

「ルイズにとってもお義兄さんになる人だからね」

「だとしても、だめなの！」

その日は二週間後に控えたレオンの誕生祭で踊るダンスの予行練習をする日だった。予行練習と言っても舞踏会の流れ全体を通しで練習するわけではなく、ルイズがレオンと踊る部分のみをおさらいするだけなのだが、これが本番までで唯一、ルイズとレオンが踊れる機会なので、遅れるわけにはいかなかったのだ。

ルイズはアランの腕から逃れようと必死でもがく。しかし彼はどうしても放す気はないようで、腕の力を弱めてはくれない。

両想いになってからというもの、アランはこうして甘えてくるようになった。

甘えると言っても、子供が親に甘えるような可愛らしいものではなく、少しでも隙を見せれば押し倒されて情事に持っていかれそうな、まったく可愛くない甘え方なのだが。

「いいからそんなやつ放っておいて、僕にかまってよ」

アランの指先がルイズの腹をくすぐる。

ルイズが身をよじらせると、アランは更に手のひらを彼女の身体に這わせてきた。

「あ、やっ、ちょっと——！」

ルイズがそう声を出すのと同時にアランが唇を合わせてくる。

寝起きだからか、いつもよりも熱い舌が口腔内に侵入してきて、ルイズの歯列をなぞる。

「ふっ。ぁあっ」

舌が絡め取られ、じゅっ、と吸われて、ルイズの頭はクラクラした。

そのまま、唇で食まれる。

彼から与えられている熱に呆けていると、今度は耳に唇が寄せられる。そうして、吐息が半分混ざったような甘い声が耳に注がれた。

「気づいてないかもしれないけど、ルイズって耳も弱いよね」

「んっ」

生暖かい舌先が耳孔の入り口に触れ、そのまま周りに舌が這う。彼が舌を動かすたびにちゅくちゅくと卑猥な水音が頭に響いて、身体が熱くなってくる。

「あ、やめっ」

「だぁめ。やめてあげない」

耳元で聞く彼の声はいつもよりも数倍色っぽい。

アランは耳を丹念に舐め上げたあと、今度は耳に歯を立てた。かりっと、自分の肌を噛む音とともに、小さな痛みが走る。しかしそれはすぐさま快楽に変換され、全身に電気を流した。

「――っ！」

「可愛い可愛い僕のルイズ。今日もいっぱい泣かせてあげるからね」

朝だというのに完全にスイッチが入ってしまったアランがルイズを見下ろす。

その獰猛な瞳に、一瞬だけ流されてしまいそうになったルイズだが、慌ててかぶりを振りこう怒鳴り声を上げた。

「もう！　いいかげん離して！」

◆◇◆

「相変わらず仲がいいですね」

アランの魔の手から無事に逃れた一時間後。

ルイズはソニアからそんなふうに言われて微笑まれていた。

鏡台の椅子に座っているルイズは、鏡越しに自分の髪をまとめていくソニアに不満げな顔を向ける。

「もー、ソニアってばからかわないで！　本当に困っているんだから」

「からかってなんかいませんよ！　私はお二人が幸せそうで、とても嬉しく思っております！」

「いや、幸せは幸せなんだけど……」

確かに、すれ違っていたときのことを考えれば、今は幸せだ。本当に幸せ。こうやって文句は言ってしまうけれど、あの頃に戻りたいとは露ほども思わない。

(だからといって不満がないわけでもなくて……)

特に、今朝のようなやりとりを毎朝繰り返している今の現状は、大変いただけない。

おかげで今日も予定の時刻にベッドから出ることができず、こうやって超特急でソニアに準備をしてもらわないといけない羽目になっている。

ルイズは予行練習のために、夜会用のドレスに着替えて髪の毛もセットしてもらっていた。ドレスはまだ出来上がっていないので当日使うものではないが、髪の毛は本番と同じスタイルだ。

「でも確かに、ここ最近のアラン様は、なんだかカワセミのようですね」

「カワセミ？」

「カワセミのオスは求愛行動として、好きなメスにせっせと餌を運ぶんですよ！　ほら、アラン様みたいじゃないですか？」

「それは、確かに……」

ルイズは両想いになった日から毎朝毎晩届くプレゼントを思い出す。今だって鏡に映る自分の背景には壁を覆い尽くすほどの大量の花があった。

「今度から頻度を控えるように言っておくね」とルイズが苦笑いをしながら言うと、ソニアも「お願いします」と困ったように笑った。どうやら、ソニアは毎朝繰り返される乳繰り合いよりもこちらの方に困っているらしかった。

「お返し、何か考えないとなぁ」

「アラン様は別にお返しなんて求めてないと思いますよ」

「でも、貰ってばかりは悪いもの」

「ルイズ様ってば結構律儀ですよね」

そうこう言っている間に、髪の毛のセットが終わり、ルイズは椅子から立ち上がった。

その瞬間、なぜか突然地面が傾いだ。

「——っ！」

バランスを崩したルイズはその場でたたらを踏む。支えたのはソニアだった。

「大丈夫ですか⁉」

「え、えぇ」

ソニアの表情に、先程のは地面が傾いだのではなく、目眩が起こったのだということを知る。同時になんだか胸がムカムカとし始める。

「ルイズ様、もしかして体調が？」

「そう、みたい」

「どうしますか？　今日の予行練習は取りやめに——」

「平気よ。もう目眩は治まったから。それに、胸のむかつきはここ最近ずっとだから気にしなくても大丈夫よ」

心配そうなソニアを安心させるためにルイズは微笑みを向けた。その表情にソニアはほっと胸を撫でおろす。しかし、突如ハッと何かに気がついたように顔を上げると、みるみるうちに顔を青くした。

「月のもの！」

「え？」

「ルイズ様、月のものは来てますか？」

「え、それは……」

ルイズは口元を覆い、考える。王宮に来てもうすでに一ヶ月以上が経っているが、そういえばまだ生理は来ていない。

「まだ、ね」

「わわ！　本当ですか!?　ルイズ様、おめでとうございます！」

「おめでとうって？」

「赤ちゃんですよ！　きっと赤ちゃんができたんです！」

「あ、赤ちゃん!?」

思わぬ単語にルイズは素っ頓狂な声を上げる。

「そんな！　いきなり話が飛躍しすぎよ！」

「飛躍なんてしていませんよ！　やることやってるんですから、できることも当然ありますよ！」

「やることとって……」

ソニアのあけすけな物言いに頬が熱くなる。

(確かに、やることはやっているけれど……)

それに、避妊だってしていない。できてしまう確率は十二分にある。

「でも、私ももともと不定期で……」

「だとしても！　もう赤ちゃんがいる前提で動いた方がいいと思います！」

「そんな！　こんな体調不良ぐらいで大げさよ」

「大げさではありません！　こういうのは万が一を考えて動くべきです！　お腹の赤ちゃんに何かあったらどうするつもりですか！」

「それは、そう、だけれど……」

ソニアのどこか確信しているだろう声に、ルイズも段々と自分のお腹に新しい生命が宿っているような気になってきてしまう。

「やはり今日の予行練習は延期していただきましょう！　皆様には私から体調不良だと伝えておきますので！」

「え、でも！」

「いろいろとはっきりするまでですから！　ね！　わかりましたか!?」

「いつになく押しの強いソニアに、ルイズは戸惑いながらも「え、えぇ」と頷いた。

「んー。まだこの段階ではわかりませんね。一週間ほど様子を見ましょう」

ソニアが大急ぎで部屋まで連れてきた医者は、ルイズを診たあと、そう言って軽く首を振った。

妊娠しているかどうかの判断は、月のものが遅れているかどうかや、体調の変化、肌の色を見るなどして下すらしいのだが、ルイズにその兆候はあるもののまだ判断を下す段階には至っていないそうだ。

しかしながら可能性がないとは言えない状況なので、結局その日の予行練習は、一週間後へと延期することとなった。まだ何もわからないこの状況で変に騒ぎ立ててもいけないので、医者には『目眩』ということで診断書を書いてもらい、レオンたちにはそれを提出することになった。

「それにしても、本当にアラン様にも今回のことお話ししなくていいのですか？」

医者が部屋を出ていくなり、心配そうな顔でそう聞いてきたソニアにルイズは困ったように笑った。

「ええ。まだ確定した話ではないもの。変に騒いでもしょうがないし……」

「でも――」

「一週間後にちゃんとした判断が下ったら、私から言うから」

「そう、ですか？」

ソニアはそう言って不服そうに唇を尖らせる。

そのときだった。自室の扉がノックされ、使用人の声が扉の向こうから飛んでくる。

『ルイズ様、バスティーヌ商会の方がお見えですが』

「あれ。ニコラさんですね。どうしたんでしょう？　ドレスはまだ出来上がりませんし……」

「私が呼んだのよ」

ルイズが「お通しして」と返すと、一拍置いて扉が開き、ニコラが顔を覗かせた。

「こんにちは。お久しぶりですね、ルイズ様」

久しぶりという単語に、ここ最近彼に会っていなかったことを思い出す。以前はアランとのことなどを相談していたので頻繁に彼を呼び出していたが、両想いになったこともあり、最近はパタリと連絡を取らなくなっていた。

自分自身のあからさまな態度の変化に気づき、ルイズは羞恥で頬を染めた。

そんな彼女の変化に気がついているのかいないのか、ニコラは眉を寄せてどこか心配そうな顔で尋ねてくる。

「今日はどういったご用件でしょうか？　もしかしてまた相談事でも？」

「あ、いえ！　違うのよ！　それは実はもう解決して……」

ルイズはニコラをソファに座らせたあと、アランと両想いになったことを話した。悲観的な相談ばかりを聞かせていたニコラにこういったことを話すのは少々というか、かなり気恥ずかしくもあったのだが、彼はルイズの言葉にみるみる表情を明るくすると、うんうんと何度も頷いてくれた。

「よかった！　本当に良かったです！　でも、それなら今日はなんで私を？」

「あの、実は貴方に一つお願いがあって……」

「お願い？　なんでしょうか？」

「彼へのプレゼントを見繕ってほしいのだけれど……」

ルイズがニコラを呼び出した理由。

それは、アランから毎日のように送られてくるプレゼントへのお返しだった。

一個や二個ぐらいならばいざ知らず、こう何個も何個も送られてはさすがにお返しをしない方が心にくる。それに、ルイズだってアランほどではないにしても自分が選んだものを彼に身に着けてほしいという願望がある。

「本当は自分で街に降りて探したいのだけれど、実は訳あって私はしばらくここから出られないから……」

「そうなのですね。ちなみにご予算はいかほどで？」

「あんまり手持ちのお金はないのだけれど……」

紙に書いた金額を見せると、彼は「なるほど」と顎を撫でたあと、一つ頷いた。

「そのぐらいご用意できるのならば、いろいろご準備ができると思います。もしよろしければお相手の方に好みなどをお聞きしたいので直接お話できればいいのですが、場を用意していただくことはできますか？」

「それは難しくて……」

ルイズが断ったのは言うまでもなくアランの素性を他にバラさないためだ。

二人がここに来る前に出会っているからといって、そうそう素性がバレるとは思わないのだが、念には念を入れる必要がある。

（そういえば、ニコラさんはここに出入りしているのに、アランと会ったことはないのよね）

誕生祭でのアランの夜会用の服は、バスティーヌ商会とは別の、レオンの服を仕立てるのと同じ商会で用意しているらしい。揃いというわけではないが、兄弟だということを公言するにあたり、似たデザインで作った方がいいのではないかということになったそうなのだ。

「わかりました。それでは今から少しルイズ様にヒアリングをさせていただいてもよろしいですか？」

「それはもちろん」

　そこからニコラの質問に答える形で、ルイズはアランの好みを伝えていった。シュベール家ではあまり仲良くしてなかったとはいっても、何年も一緒に暮らしてきたのだ。それなりに好みなどはわかっている。

「……そうですね。ここまで聞ければある程度は物を用意できると思います。それでは、二日ほどお時間をいただけますか？　その間にいろいろ見繕ってまいりますので」

「それは構わないわ」

「それでは――」

「ちょっと待って！」

　ルイズは席を立とうとしたニコラを引き止める。

「あの、実はもう一つお願いがあって、ドレスのことなのだけれど……」

「ドレスのこと、ですか？」

「あの、今からもう一着用意していただくことってできる？　デザインは同じでいいのだけれど、こう、形を変えたくて……」

　ニコラは驚いたように目を丸くする。それもそうだろう。夜会まであと二週間と迫っているこのときにドレスをもう一着準備してほしいなんて、非常識にも程がある。

「形を？　ちなみにどのような形のものをご所望でしょうか？」

「あの、できればお腹を押さえつけないものがいいのだけれど……」

「お腹を？」

「実は、あの。ちょっとここ最近太ってしまって……」

ルイズが心配しているのは自分が本当に妊娠していた場合のことだった。ダンスは踊らなければいいが、誕生祭はさすがに欠席できないだろう。そのときにドレスがないという話になったら困ると思ったのだ。

幸いなことにレオンからは『一着でも二着でも百着でも、好きなように作ってくれ』と言われている。それならば二着ぐらい許容範囲内だろう。

「太ってしまった、ですか？　とてもそうは見えませんが。それに、本当にそうでしたら、今からでも調整ができますが……」

「えっと、実は今ダイエット中で！　できればあと二週間で元に戻したいの！　でも、もしかしたら戻らないかもしれないから、替わりのドレスも用意しておきたくて……」

少し苦しい言い訳だとは思ったが、正直に『妊娠したかもしれない』とは絶対に告げられない。とはいえ、一度の夜会でドレスを複数枚用意するのは珍しくないので、不自然とも言い切れないだろう。

ニコラは少し考えたあとに口を開く。

「そうですね。要するに、腹部を締め付けすぎないような形にすればいいんですよね？」

「ええ。お願いできるかしら？」

「わかりました。コルセットはどうされますか？」

「なくても着れる形の方が嬉しいのだけれど。……難しいかしら？」

「いいえ。なんとか頑張ってみます」

力強く頷いてくれた彼にルイズは笑みを浮かべたまま「ありがとう」と口にした。

そして、これで万が一のことがあってもドレスの心配をしなくてもいいのだと、ほっと胸を撫でおろす。

ニコラはその後ドレスのことやプレゼントのことを数点質問したあとに部屋から去っていった。その足が少し急いでいたのは、きっとルイズが無理ばかり頼んでしまったからだろう。

（なんだか悪いことしちゃったわね……）

廊下に出て彼の背中を見送りながら、ルイズがそう思ったときだった。

「あの男、また来てたんだ」

「ひゃあぁあぁぁ！」

いきなり背中の方で声がして、ルイズは飛び上がる。思考に割って入ってきた声にルイズは後ろを振り返った。そこには笑みを湛えるアランがいる。

「ごめん、驚かせて。ルイズの体調が悪いって聞いてちょっと様子を見に来たんだ」

「あぁ、そうな――」

「そうしたらあの男がいて、すごくびっくりした」

この場合の『びっくりした』は『不快だった』に言い換えられる。それをルイズは肌感覚でわかっていた。

「……ごめんなさい」

「ルイズが謝ることじゃないよ。きっとあの男が勝手に来たんでしょう？」

（とてもじゃないけど、自分で呼んだなんて言えない雰囲気ね……）

まぁ、言える雰囲気でも言わないのだが。

何せニコラに頼んだことは、どちらもアランには秘密のことだからだ。

「それよりも、体調の方は大丈夫なの？」

「え、えぇ。ちょっと目眩がしただけだから」

「もう目眩は？」

「ないわ」

「それなら良かった」

ふんわりと崩れた表情に、彼にどれだけ心配をかけていたかを知る。

それに、日中のこの時間にアランが忙しくないわけがない。きっと話を聞いてすぐに駆けつけてくれたのだろう。

「心配をかけてごめんなさい」

「いいよ。ルイズだから許してあげる」

その上から目線の物言いが妙に可愛くて、ルイズは口元に手を当てて笑う。

ルイズのほぐれた表情にアランも笑みを浮かべた。

「あの、アラン。ちょうどいいから今言っちゃうのだけど」

「何？」

「月のものが来ちゃって。一週間ぐらい、その、そういうことができないのだけれど」

月のものが来たというのはもちろん嘘だ。子供がいるかもしれないのならば、夜の営みはあまりしない方がいいだろうというルイズの判断によるものだった。

「それは問題ないけど。大丈夫？　もしかして体調不良ってそのせいだったりする？」

「え、えぇ」

「それなら、あとから温かいものを持っていくように言っておくね。こういうのは身体を冷やしちゃいけないんでしょう？　あとは痛みがあるようなら薬の方もお願いしておくけど」

「そこまでは必要ないわ！　というか、え？　不機嫌にならないの？」

「なんで？　僕ってそんなにひどい男に見える？」

「そういうわけじゃなくて！」

　こう言ってはなんだが、アランはルイズとそういうことをするのがとても好きそうに見えたのだ。だから、あまりにもあっけなく了承された上に身体の心配までしてもらって、ちょっと拍子抜けしてしまったのである。

　慌てたルイズの表情から、彼女の考えを読み取ったのだろう。アランはもう一度微笑むと、ルイズの髪を一房掬った。

「我慢は慣れてるからね」

「我慢？」

「十数年間、僕はルイズに触れるのをずっと我慢してきたからね。だから、このぐらいなんともないよ」

　そう言ってアランはルイズの髪に唇を近づける。

「でもごめんね」

「ごめんね？」

「我慢しすぎちゃったみたいで、きっともうルイズのことは放してって言われても放してあげられないと思う。今回みたいな少しぐらいのお預けなら耐えられるけど。完全に放してあげるのはどう頑張っても無理。もし、ルイズの気持ちが変わって、僕のことを愛してくれなくなったら、僕はきっと手足を縛って、部屋から一生出さないよ。それで、僕がどれだけ愛しているかをわからせようとしてしまうと思う」

本当に申し訳なさそうに、それでいてどこまでも悪びれる様子はなく、彼は狂愛的に微笑んだ。きっと、少し前の自分ならば恐ろしいと思ってしまったその表情を、なぜだかルイズは愛おしく思ってしまう。

アランの狂愛に応えるように、ルイズはゆっくりと目を細めた。

「そこまで想ってくれて嬉しい」

アランは少しだけ驚いたように目を見開いたあと、ルイズの身体を抱きしめた。

そして耳元で蜂蜜のような甘ったるい声を出す。

「やっぱり、お預けも無理かも」

◆◇◆

白百合のような彼女がやってきたのは、翌々日の昼頃だった。

「ルイズ、体調が悪いって聞いたのだけれど、大丈夫？」

扉を開くなりそう言って飛び込んできたエレーヌは、もともと青白かった顔を更に青くして、ルイズのもとに駆け寄ってきた。

ルイズの体調が悪かったことは、予行練習のあった二日前から知っていたらしいのだが、自身の体調も思わしくなく、見舞いに来るのが遅くなってしまったそうなのだ。

ルイズはエレーヌをソファに座らせると深々と頭を下げた。

「すみません。ご足労いただきまして」

「そんなことよりも、体調の方はどうなの？」

「平気です。ちょっと、あの、月のものの関係で目眩がしてしまっただけですから」

「そうなのね。よかった」

アランのときと同じ嘘をつくと、エレーヌはほっと胸を撫でおろした。

それを見てルイズは少しだけ申し訳なくなる。

「ご心配かけてしまって申し訳ありません」

「いいのよ。私が勝手に心配しただけだから。貴女まで王宮に来て身体が弱くなってしまったのかと思って、慌ててしまったわ」

「王宮に来て？　エレーヌ様はもともと体調が悪かったのでは？」

以前聞いたのと違う話にルイズは目を丸くする。

「そうなのだけれど、ここに来て一層悪化したのよ。きっといろいろ心労がたたったのね。レオンもそのことを気にしていて……、本当に申し訳ない限りなのだけれど」

「そんなに、心労が……」

確かに、以前聞いたエレーヌの状況であれば、精神衛生上良くないだろう。

ソニアが使用人仲間から聞いた話によると、婚約したにもかかわらずなかなかソニアとレオンが結婚できなかったのは、周囲の反対が原因らしい。

（だけど、そんなに長い期間……）

体調が良くならないというのは、どうなのだろうか。

そんな疑問を感じたときだった。

「ルイズ、もし良かったらこれ」

差し出されたのは、銀色のブリキ缶だった。円柱の形をしたそれのフタを開けると、ふわりと花のような甘い香りが漂ってくる。

「これは？」

「私の母方の国で採れたお茶なの。私、これが大好きでね、毎年春摘みの茶葉ができると送ってもらっているのよ」

「そうなんですね」

「お見舞いの品じゃないけれど、もし良かったら貰ってくれないかしら？」

「ありがとうございます」

ルイズは両手でそのブリキ缶を受け取る。

そうして、しばらく雑談をしているときだった。

扉がノックされて、使用人の「バスティーヌ商会の方がお見えです」という声が響く。

扉を開けると、大きな長持を持った使用人を後ろに引き連れた、ニコラが微笑みを浮かべていた。

◆◇◆

王宮をぐるっと取り囲む高い塀に、いくつかある勝手口。その近くで、アランはフードを目深にかぶった男からとある報告を聞いていた。

男はシュベール家にいたときから使っていた人間だ。シュベール家にいた頃は、家に敵対している人間の情報や、ルイズの見合い相手に関することなどを調べてもらっていた。いわゆる、情報屋である。情報によっては間者のようなこともしてくれるので、大変に重宝していた。

アランは聞かされた話に眉を寄せ「それは本当のこと？」と確かめる。男は簡潔に「はい」とだけ返した。その言葉にアランはしばらく考えたあとに「わかった」と頷いた。

それが合図だったかのように、男はそのまま背を向けて去っていってしまう。

アランは先程聞いた話を頭の中で反芻する。

男に調べさせていたのは、叔父――ダニエル・エルノーの様子と、そこに出入りしている人間の詳細である。叔父の屋敷に出入りしている人間は、娼婦から元大臣の貴族と錚々《そうそう》たるメンバーだったが、その中で一人、どうしても見過ごせない人物がいたのだ。

それが――

(ニコラ・バスティーヌ……)

大きな商会を営んでいる彼ならば、仕事としてダニエルの家に行くこともあるだろう。

こちらとしてもニコラにダニエルとの接触を禁じているわけではないので、あり得ないことではない。

(だけど……)

なんだかすごく嫌な予感がする。言いようもない不安が胸を占拠していた。

アランの脳裏に、一瞬、ルイズの顔がちらついた。けれど、やはりダニエルが彼女のことを狙うのはリスクが高すぎる。アランは頭を振り、不安を追い払った。

アランは勝手口を通り、王宮の敷地内に戻る。

早くルイズの顔が見たかった。顔を見て、安心したかった。

(部屋に戻って上着を脱いだら、すぐさまルイズに会いに行こう)

そんな思いで廊下を歩いていると、自分の部屋の前に見知った人物を見つけた。

「アラン様！」

「……ソニア？」

ソニアはぱたぱたとこちらに駆けてくる。

普段ルイズと一緒にいる彼女が、アランに話しかけてくるのは珍しい。

「あの！　少しご相談したいことがあるのですが、今お時間よろしいでしょうか？」

「相談？」

「ルイズ様のことなのですが……」

その名を聞いた瞬間、先程の焦りがまたぶり返してきた。

黙ってしまったアランの態度をどう取ったのか、ソニアはそのまま話を続ける。

「ルイズ様からは、はっきりするまでは黙っておいてほしいと口止めをされたのですが、私はやはりアラン様には話しておいた方がいいと思いまして……」

「はっきり？」

「ルイズ様、もしかしたら、妊娠していらっしゃるかもしれなくて……」

「妊娠？　それって僕の？」

「当たり前じゃないですか！　ルイズ様はそんな複数の男性と関係を持つようなお方では――」

喜びが湧いてくるよりも先に、襲ってきたのは焦燥だった。

アランはソニアの肩をぎゅっと摑む。

「ねぇ、ルイズは!?」

「え？」

「ルイズは？」

「へ、部屋におられると思いますが」

「もしかして、今誰もついてない？」

「そう、ですね」

アランはソニアが頷くと同時に走り出した。

心臓が早鐘を打つ。足が縺《もつ》れそうになるのをなんとか堪えて、とにかく前へ前へと進む。

そうして、ルイズの部屋に着いたアランは走ってきた勢いのまま扉を開け放った。

（……誰も、いない……）

アランは部屋の中に入り、ぐるりと中を見回した。そして、テーブルの上に置いてある一枚の便箋に目を留める。手に取ったそれに書いてあったのはたった一行だけ。しかし、それだけでアランの心臓は鷲掴みにされる。

騒ぎを聞きつけてか、何人かの使用人が足を止めてルイズの部屋を覗き込んでいた。

そんな彼女たちに向けて、アランは声を張る。

「今日、ニコラは来た？」

「はい。お通ししましたが……」

「いつ帰ったの？」

「一時間ほど前だったと思います。記録を見ないと正確なところまではわかりませんが」

「そのときに大きな物を持ってなかった？　人が入りそうな入れ物みたいな」

「えっと、長持のようなものを持っていたような気がします……」

それぞれ別の使用人がアランの言葉に返してくる。

そうしているうちに騒ぎを聞きつけたのか、はたまた誰かに呼ばれたのか、レオンが扉から顔を覗かせた。

「どうしたんだ。アラン」

アランは手に持っていた便箋をレオンの胸に押し付ける。

そこには、『探さないでください。　ルイズ』とだけ書かれてあった。

瞬間、レオンの顔が気色ばむ。

「これは――？」

「偽物の手紙だ。僕がルイズの筆跡を見間違えるはずがない。……ルイズはおそらくさらわれた」

「は？」

「ルイズは妊娠していたんだ。だから――」

狙われる理由ができてしまった。

アランは白むほどに握っていた拳を壁に打ち付けた。

第六章

規則正しく落ちる水音で、ルイズは目を覚ました。

最初に目に入ったのは、黒々とした岩。大きさはばらばらだが、こちらに向いている面はすべて綺麗に切りそろえられており、それでそこが人工的な空間だということがわかる。

首だけを動かしあたりを見回せば、周りには木箱がうず高く積まれていた。何が入っているのかはわからないが、きっとここは倉庫のようなところだろうとルイズはぼんやりとした頭で理解した。

「起きたか」

その声が聞こえたのは、ルイズの頭上からだった。声の主を見るべく身体を動かそうとしたところで、自分の手足が縛られていることを知る。

そうなってようやく、ルイズは自分がどうしてここにいるのか、誰にここまで連れてこられたかを思い出した。

（そうだ、私――）

あのあと、ニコラが来てすぐエレーヌが部屋をあとにした。ニコラに気を使ってというのもあったのだろうが、その段階でもうすでに結構な時間話していたので、きっといいきっかけだったのだろう。

ニコラと彼が連れてきた使用人数名とルイズだけが部屋に残され、それならばソニアを呼んできた方がいいだろうと扉につま先を向けたときだった。まるで進路を妨害するかのように立ちはだかってきたニコラに腹を殴られて、ルイズはそのまま気絶してしまったのだ。

（――って、お腹⁉）

ルイズは蘇ってきた記憶に血の気が引いた。彼女のお腹の中には新しい命が宿っているかもしれないのだ。もう痛みなどはないが、もしかしたら……。

「こんにちは、お嬢さん」

そう呼びかけられ、ルイズは現実に引き戻された。

気がついたときには、正面の木箱の上に大柄な男が座っていた。鳶《とび》色の髪に丸い鼻。でっぷりと飛び出ているお腹は、今にもはちきれんばかりのように見えた。声色からいって、先程頭上でした声の主と同じだろう。

「貴方は、誰？」

「さぁ、誰だろうなぁ」

怯えるルイズに、男はニヤニヤと頬の肉を引き上げた。

どうやら答えるつもりは毛頭ないらしい。

「呼び方で困るなら、おじさんでも男の人でも好きに呼べばいい。まあ、そんなに会話もしないだろうがな」

男はそう言うとルイズの目前に、こん、と小瓶を置いた。小瓶の中にはピンク色の液体がたゆたっている。彼はそうしてルイズに指を二本立ててみせた。

「お前には二つ選択肢をやる」

「二つ？」

「『これを飲んだ上でアベルとの婚約を破棄し、五体満足のまま家に帰る』か『これを飲まずに今ここで殺される』かだ」

アベルの名前が出た瞬間、ルイズははっと息を呑んだ。そして驚きで見開いた目を男に向ける。

「もしかして貴方が、ダニエル・エルノー？」

「ほぉ。ともすると話ぐらいは聞いているかもしれないなと思っていたが、名前まで教えているとはな」

「貴方がアラン――アベルに毒を？」

ダニエルはルイズの言葉にイエスもノーも返さなかった。しかし、顔に浮かんでいる笑みは、彼女の言葉を肯定しているように見える。

「ニコラさんは？　私をさらってきた人はどこ？」

「あいつのことを心配しているのか？　優しい娘さんだ。しかし、あいつはお前を金で売ったんだぞ？　そんなに心配してやる必要があるか？」

「いつから、グルだったの……？」

「いつから、か。強いて言うなら、最初からだな。あいつがなんでオペラの会場でお前に声をかけたと思っている。本当に慰めるために声をかけたとでも思っていたのか？」

「じゃぁ、喧嘩したっていう、妹さんの話は……」

「嘘に決まってるだろ。あいつに妹なんていない。あいつには最初からお前のことを見張らせていたんだ。アベルのお気に入りのお前のことな」

ニコラとの出会い自体が最初から仕組まれていたと知り、ルイズは「そんな……」と声を漏らした。

驚愕するルイズを見て興が乗ったのか、ダニエルはマジシャンがマジックの種を明かすような、優越感に浸った顔を覗かせる。

「私はニコラの恩人なのだよ」

「恩人？」

「私とニコラが出会った当初、バスティーヌ商会は金がなくて倒産の危機に立たされていたんだ。原因はアイツの賭博。もともと賭博好きなやつだったが、賭博仲間の甘言で大きな賭けに乗っちまってなぁ。最後には商会のオーナーの権利を担保に金を借りて賭け事をして、結果負けてしまった。そうして、裏で金貸しをやってる私に泣きついてきたってわけだ」

「じゃぁ、お金で私を売ったっていうのは……」

「あんだけの大金を借りている相手に、どう頑張ってもＮＯとは言えない話だろ？　まぁ、この件がうまくいけばアイツにもきちんと金は支払ってやるつもりだ。ま、それも全部借金返済の方に充てちまうがな」

ダニエルはこちらにもつばを飛ばしてきそうな勢いで笑う。

「まーほんと、馬鹿なやつだよ。全部、私が仕組んでいるとは知らずにな」

「全部？」

「当たり前だろ？　こんな都合のいいこと、偶然に起こるわけないだろう？　借金を作るように仕向けたのも、私から金を借りさせるように仕向けたのも全部私の差し金だ」

「ひどい……」

「ひどいとは、聞き捨てならないいな。結局はアイツが選んで自分で契約書にサインをしたんだ。私はそのサポートをしただけ。しかしまあ、王宮に出入りしているやつらを手駒にできて良かったよ。おかげでいろんなことができた。アベルが生きていたことを知ったのもあいつのおかげだしな」

「アベルが？」

「私がアベルが生きていたことを知ったのは、一年ほど前のことだ。まぁ、おかしいなとは思っていたんだよ。王子の葬式にしてはあまりにも参列者が少ない上に、『もがき苦しんで死んだ息子の顔を誰にも見られたくない』という理由で前の王妃が誰にも最後の挨拶をさせなかったからな。だけどまあ、さすがにあの棺桶の中身が空だとは思わなかったな。まったく、兄と違って生き汚いやつだよ。王族であることを捨ててまで、生きながらえようとするんだからな」

アランを批判する言葉に憤りが募った。しかし、握ったその拳を振り下ろせる場所はない。せめてこの両手両足が縛られていなかったら暴れることができただろうが、今はそれも叶わない。

「生き汚いといえば、レオンもだな。散々、『死にます』『死にそうです』なんて騒がれていたくせに、今じゃあの通りだ。でもまぁ、アイツの伴侶は子供ができない身体らしいからな。それならあと十年もしないうちに後継者の話になるだろうから、それまでは生かしておいてやる」

「生かしておいてやるって……」

まったく殺意を隠さなくなったダニエルに、ルイズは眉間にシワを寄せた。

「貴方の目的はやっぱり王位なの？」

「私は、奪われたものを取り返そうとしているだけだ」

「奪われたもの？」

「お嬢さん。国というものは、いつだって優秀な人間が引っ張っていかなければならないと、そう思わないか？」

いきなりの問いかけにルイズは「え？」と声を漏らした。

「私はいつも、何をやっても兄より優れていた。勉学も、武術も、馬の扱いも、楽器を演奏するときだって、何一つ兄に負けたことがなかった。別段兄が劣等だったわけではない。兄は兄で頑張っていたし、努力もしていた。ただ兄はどうしようもなく平凡で、私が優秀だったのだ。そして、それは誰もが認めていた。家庭教師や、父を取り囲む国を動かす人間はもちろんのこと、私たちの両親もそれは同じだった。だから私は自分こそが次期国王に選ばれるのだと思っていた」

「でも貴方は――」

「そうだ、次男だ。王位というのは慣例的に長男が継ぐことが多い。しかし、今までにも例外はいくつかあった。国王というのは国を引っ張っていく人間だ。半端な人間がやるべきではない。特にたった二歳下にこんなに優秀な人間がいるんだ。それを選ばない道理はないだろう？　……私は両親が道理の通じる人間だと思っていた」

けれど、選ばれたのは非凡な弟ではなくて、平凡な兄だった。

「あとから知った話だが、兄は周りの人間に、私についてあることないことといろいろ吹き込んでいた。やれ、小動物を殺して回っているだの。やれ、公務で訪れた地で奴隷を買っただの。どの話も真実ではないのに。皮肉なことに兄は唯一私にはない人心を掌握する力を持っていた。つまり私は、ありもしない濡れ衣を着せられて貶《おとし》められたということだ」

「そんなのは、子供たちには――」

「関係ないとは言えないだろう。私が貰い受けるはずだったものをのうのうと受け継いでいるんだ。私は、王命でどこの馬の骨ともしれない、金でのし上がっただけの女と結婚させられて、そのうえ領地も、国の外れの不毛の地を押し付けられたのに……」

「でも、エルノー領にあるパルウェラ鉱山は、昔から金鉱山で有名で！　だから貴方のお父さんは――」

「うるさい！　うるさい！　うるさい！　そんなもので私の矜持が元に戻るものか！　あのときの屈辱を忘れるものか！」

「――がっ」

いきなり激昂したダニエルにみぞおちを蹴られた。つま先が抉った場所が良くなかったのか肺に入った空気がすべて吐き出され、空気を吸おうと必死にもがく。

（また、お腹……!?）

そうしてようやく呼吸を再開できたときには、ダニエルの方もだいぶ落ち着きを取り戻していた。

「すまない。熱くなってしまったな。……それでこれは飲むのか？　飲まないのか？」

そう言ってもう一度ダニエルは指で小瓶をつついた。

「その薬はどういう薬なの？」

「これはとある花の種子を用いて作った中絶薬だ。これを一本飲みきれば、まだ宿っているかどうかの判断もつかないような命は流れてしまうだろうな。あとはお前が口を閉ざしたまま、アベルのもとを去ればいい」

「そもそも、本当に私を逃がしてくれる気があるんですか？」

「というと？」

「私にここまで全部話したってことは、どちらにせよ私を殺すつもりじゃないんですか？」

ダニエルの目がわずかに見開かれたあと、すっと細められる。

「そうじゃなかったら、ここまでペラペラと話しませんよね？」

「賢いな。いや、賢くないのか。本当に賢いなら、私の名前に気がついた段階で口を噤んでいるはずだものな。名前を当てられて帰すほど、私は甘くないからな」

「どちらにせよ、私は薬を飲むつもりはありませんでしたから」

人質になるぐらいであれば殺されるつもりだったと暗に口にすれば、ダニエルは吐き出すように笑った。


それからルイズは馬車に無理やり押し込まれた。

押し込まれた馬車は意外にも黒塗りのひと目で高級だとわかる代物で、それを見ただけで、ルイズにはもう彼が何をしようとしているのかわかってしまった。

きっとダニエルはこれをルイズの起こした自作自演の誘拐劇にするつもりなのだろう。王宮が嫌になり飛び出したルイズ。しかし、領地に帰るために馬車に乗った彼女は不慮の事故で命を落としてしまう。

きっとそういうストーリーなのだ。

ルイズの遁走《とんそう》劇に付き合ったのは、御者であるニコラ。命からがら生き残った彼は、王宮に走り、きっとダニエルに都合の良いことばかりを証言するのだろう。

例えば、ルイズに無理やり逃げるのを手伝わされた、だとか。

そうなってしまえば、もう誰も真実を確認するすべはない。

怪しいと思っていても、証拠を摑めない。死人に口なしとはよく言ったものだ。

(アランが毒を飲んだときと一緒だ……)

わかっているのは、ともかくこのままだとルイズは殺されてしまうし、アランは王位継承権を捨ててしまうかもしれないということだ。

「冥途の土産に教えておいてやる。お嬢さん、王妃から紅茶を貰ったんだろう？　あれは飲まなくて正解だ」

「え？」

「あれにもな、これと同じものが混ざっていたんだ。毒見が飲んでもわからないぐらい、ほんの少しずつな。ただし、毎日摂取すると毒素は身体に溜まり続け、やがて死に至る」

「それって――」

つまり、エレーヌが王宮に来てからの体調不良は、人間関係だけが原因じゃなかったのだ。しかも混ぜていたものが中絶薬にもなる毒だとするならば、彼女が妊娠しないのもそれが原因かもしれない。

ダニエルはそれだけ言ったあと、ピンク色の液体が入った小瓶を胸のポケットにしまい込んだ。そして、ルイズが騒がないようにと、布を彼女の口に噛ませる。

「んーっ！　んんん――！」

「こら、動くな！」

耳の隣で、パシンッ！　と大きな音が鳴る。次いで頬がじんわりと熱くなった。

ようやくそこで殴られたのだと気がついて、ほうけているうちに布を頭の後ろで括られた。

ダニエルはそのまま馬車の外に出て、扉を閉めた。

『ニコラ！』

扉の外でダニエルの声が響いた。

その後、パタパタと何者かが走ってくる音がする。そして、話し声――

『本当にやるんですか？』

『黙って言う通りにしろ』

『だけど、手足のロープはどうするんですか⁉　このまま崖から落としても、死体がこのままじゃさらわれたってわかってしまうじゃないですか！』

『そんなもの、お前が降りて回収するか、全部一緒に燃やしてしまえばいいだろう』

恐ろしい計画を聞いて、背筋が粟立つ。

しかし、手足を縛られ、口も塞がれている今のルイズには、どうすることもできない。

それからもしばらくダニエルとニコラのやりとりは続いた。けれど、諦めたような覇気のない足音が馬車の前へ回り、車体がわずかに上下した。

ニコラが御者席に乗り込んだのだ。

そうして馬車は動き出した。

（どうにかして逃げないと！）

走り出した馬車の中でルイズはそれだけを考えていた。何か使えるものはないかとあたりを見回せば、床の端の方に露出した釘の頭が見えた。

ルイズはそこまで這っていき自分の手首をそれにこすりつける。

釘の先端ではなかったのでそれでロープが切れることはなかったが、ロープの結び目がうまく引っかかり、ロープを緩ませることに成功した。手首のロープが外れると、今度は口元の布を取り、足のロープも外す。

そうして、なんとか自由を得た。

しかし走り出してしまった馬車はどうにも止められない。

（どうしよう、どうしよう、どうしよう！）

一か八かで飛び出す!?　でもそれをすると、自分はいいが、もしお腹に子供がいるのならばその子供にダメージを与える可能性がある。

それに馬車を落とすということは、いずれどこかの段階で御者のニコラは同じように馬車から飛び降りるだろう。たとえルイズが馬車から逃れられたとしても、そのタイミングが重なってしまえば、そこでニコラに見つかり殺されてしまうかもしれない。

（でも、このままじゃ、この先にある崖から落とされちゃうってことよね）

それが最悪だ。この馬車が落ちてしまえば、自分は死んでしまい、もう二度とアランに会うこともできない。

(アラン……!)

その名前を思い出した瞬間、胸がぎゅっと押しつぶされた。

もう一度、アランに会いたい。会って彼との子供を腕に抱きたい。

考えれば考えるほど切なさが瞳に込み上げてくる。

迫ってくる死の恐怖と、未来への希望が大粒の涙となって頬を流れていく。

そんなときだった。

「ルイズ!」

聞こえるはずのない愛おしい人の声が聞こえた。

ルイズは、声の主を確かめることなく、反射的に馬車の右側の扉を開ける。そして、走る馬車から身を乗り出した。そして、息を呑む。

馬車が走っている場所から一段低い道に、馬にまたがったアランがいた。彼はルイズに目を留めると、今にも喉が張り裂けんばかりの声を出した。

「ルイズ!」

「アラン!」

どうして彼がここにいるのか。

どうして馬でルイズのことを追いかけているのか。

そんなことは何一つ考えられなかった。

今はただ彼が自分を迎えに来てくれたのが嬉しかった。

そのときだった。ガタン、と大きな音がして車体が一度大きく跳ねた。

「きゃあぁっ！」

ルイズはバランスを崩して大きく転がり馬車の中に戻る。それからなんとか体勢を立て直し、今度は右側の窓から外を見てみると、馬車の荷台を支える車輪の一つが外れてどこかに行ってしまっていた。

馬車に細工をしていたんだ。そのことに気がつくと同時に、先程までまっすぐ走っていた馬車が突然斜めに走り出す。これなら確かに、いくら馬が崖を避けようと走っても、馬車の重さでうまく走れないだろう。

「ルイズ！」

その声にルイズは開けっ放しになっていた左側の扉に駆け寄った。

「この先は崖になってる。このままじゃその馬車は落ちる」

「それは――」

「来て！」

そう言って両手を広げられ、ルイズは一瞬躊躇した。

だってこのまま彼の胸に飛び込んでしまえば、彼だって無事では済まないだろう。走っている馬の上で成人女性を一人受け止めるなんて芸当、できるはずがない。それに、二人がいる場所はそれなりに高低差がある。

けれど、このままここでもたもたしていたらルイズは馬車と一緒に谷底へ落ちてしまう。いつの間にか御者席のニコラはいなくなっていた。きっと車輪が外れた段階でどこかに逃げてしまったのだろう。馬車を引く二頭の馬はお互いに身体をぶつけ合いながら、不揃いな鳴き声を上げている。

「ルイズ！」

もう一度アランが、焦れたようにルイズの名を呼ぶ。

「大丈夫だから！」

そう言われ、覚悟が決まった。

ルイズは再度車内に戻る。そして、そこから助走をつけて扉から飛び出した。

思いっきり馬車の床を蹴った身体はふわりと持ち上がり重力を失う。何かを摑もうとしたのか、手足が自然と伸びて中空を掻いた。けれど、身体は一直線に目指した方向に飛んでいく。

その先にいるのは愛しい彼だった。

最後は互いに両手を広げるような形で抱きしめ合う。アランはそのまま背中から倒れ込むようにして馬から落ち、二人の身体はごろごろともつれ合いながら地面を転がる。

二人の身体が近くに生えていた木にぶつかり止まるのと、馬が嘶《いなな》いたのはほとんど同時だった。次いで、何か大きな木箱のようなものが落ちて潰れる音。きっと、馬車が落ちたのだろう。

ルイズが飛び出すのがあと数秒でも遅れていたら、彼女は一緒に谷底へ落ちていたかもしれない。

早鐘を打つ心臓の音を聞きながら、ルイズは目を開ける。

最初に視界に飛び込んできたのは、大好きな人の胸板だった。

安心のあまりこみ上げてきた涙を彼のシャツでゴシゴシと拭うと、抑えきれない想いの滲んだ声がつむじに響く。

「ルイズ……良かった」

背中に回っていた腕が緩み、ルイズはそこでようやくアランの顔を見た。

(――多分、私は)

今世界で一番綺麗なものを見ているのだと思う。

アランの目尻に涙が溜まっていた。その涙は一筋だけ頬を伝い、こぼれ落ちていく。

するりと解け出た感情の雫は、手に取ってしまうのも恐れ多いほどに美しくて、甘美だった。

「なんか私、アランが涙にときめくのわかっちゃった気がする」

ほうけたような顔でルイズがそう言うと、アランは心底嫌そうな顔をしたあと「やめて……」と恥ずかしそうに手の甲で目元を隠した。


アランが乗ってきた馬はとても賢い馬だったようで、御者が落馬してもその場から逃げることはなかった。なのでルイズとアランはその馬に乗って馬車が走ってきた道を戻った。

ニコラはどこかに隠れているのだろうと思ったが見つからず、また二人とも探すような気力がなかったので、その場では探さなかった。

ゆっくりとした速度で二十分ほど走り、そうしてようやくルイズが捕まっていただろう場所に戻ってきた。

そこは打ち捨てられた小屋のように見えた。同じような背の高い建物が全部で六つ。そこは、立ち上げられたばかりのバスティーヌ商会が使っていた倉庫で、現在は使われていないらしい。

倉庫にはもう多くの兵士たちが出入りしていた。

「これは？」

「この王都内でニコラが持っている倉庫をしらみつぶしに当たったんだ」

「しらみつぶしに？」

「といっても、小さい倉庫まで合わせたらとんでもない数だから、今は使っていない倉庫を中心にね。今も使用している倉庫だと人をさらうのに不都合でしょ？　そうしたら今は使われていないはずなのに使用している形跡がある倉庫を見つけて……」

　それがルイズのさらわれた倉庫だったということだろう。

　倉庫の端にある木にアランは馬を留め、ルイズを下ろした。

「そんなの、よくこんな短時間で見つけられたわね」

「まあ、もともとニコラのことは探っていたから……」

「前から怪しいと思っていたの？」

「ルイズに近づく男は怪しくなくても探っておくのが常識だよ」

「それは、アランだけの常識ね」

　そう返しながらもなるほどと理解した。

　アランはこうやって、毎回ルイズに回ってくるお見合い相手のあら探しをしていたのだ。

　そしてそれをもとにルイズから離れるように脅しをかけていたのである。

（お見合いを邪魔していること、前はいやがらせだと思っていたけれど。こうして考えると、嫉妬だったのよね、多分……）

　今更ながらに彼の執着を知り、少しだけ頬が熱くなる。迷惑は確実に被っているのに、なんだかその気持ちが嬉しかった。

そうこうしていると、倉庫の方からとんでもない怒鳴り声が聞こえてきた。

「お前たち！　私にこんなことをしていいと思っているのか⁉」

思わず駆け寄って様子を見に行けば、ダニエルが兵士に捕まっていた。といっても手足を拘束されているわけでもなく、兵士に同行を促されているだけだが、どうやら彼はそれだけでも気に入らないらしい。

「ダニエル……」

思わず呟いてしまった声が耳に届いたのだろう。ダニエルはこちらを向き、目をこれでもかとばかりに見開いた。

「お前、なんで生きて――」

「ルイズ、ちょっとここで待ってて」

「え？　アラン？」

いきなり歩き出したアランに、ルイズは呆然とする。

アランが歩いていたのは最初の数歩だけだった。彼の歩調は次第に速くなっていき最後には走っているのと変わらない速度になる。

「え、ちょ！」

変な声を出してしまったのは、アランが勢いのままダニエルの鼻面に拳を叩きつけたからだった。周りの兵士もあまりの出来事に唖然としていて、その間にアランは近くの兵士の腰から剣を引き抜く。

「え!? ちょ、ちょっと! アラン!」

ルイズは慌ててアランに駆け寄る。

いきなり殴られたダニエルは、尻を地面につけたまま、鼻を押さえ、アランに向けて怒声を上げた。

「お前!! じ、自分が何をしているのかわかっているのか!?」

「お前も、この僕が誰なのかわからないのか……」

アランは冷たく言い放ちながらダニエルに剣を向ける。

そこでようやくダニエルは自分を殴った男をまじまじと見た。そしてすぐさま顔色を変える。

「お前、まさか——アベル!?」

「僕に手を出すだけなら、まだ許してやったけど。ルイズに手を出したのはだめだ。もうだめだ。お前はもう生かしておけない……」

「うわあああぁぁぁぁ——!」

アランの冷たい言葉と手にある剣で自分の未来を悟ったのか、ダニエルはとんでもない大声を上げながらアランから後ずさるように尻を滑らせた。

しかし、周りを囲っている兵士が彼を逃がしてはくれない。

ルイズは大急ぎでアランのもとへ駆け寄り、彼の腕に縋りついた。

「ちょ、アラン！」

「放して、ルイズ。僕はもう、こいつが生きている限り安心して眠れない。僕の命を狙うだけならまだしも、君やお腹の子にまで毒牙が向いていると思ったら耐えられない」

「お腹の子って！　アラン、知ってたの!?」

「ソニアが教えてくれた」

そういってこちらを向いたアランの目には「どうして教えてくれなかったの？」という言葉が見え隠れしていた。

しかし、今はそれに答えている時間はない。アランはダニエルを殺すつもりだし、ルイズはアランにそんなことはしてほしくなかった。

「子供のこととか私のことを考えてくれるのなら絶対にやめて！　今ここで人を殺しちゃったら、いくらアランでも罪に問われないってことはないでしょう？」

「それはそうだけど、その代わり君は危険にさらされなくなる」

「だとしても、アランは無事じゃないでしょう？」

「別に僕は無事じゃなくたって」

「アラン！」

まるで叱りつけるように声を上げると、彼はバツが悪そうに視線をそらす。

「それに、放っておけばこの人だって牢屋に入るんじゃないの？　それを待つんじゃダメなの？」

「恐らく、こいつは牢屋に入らない」

「え？」

「ダニエルが君をさらったという物証がない。あの落ちた馬車や馬は全部ニコラが用意したものだし、君をさらったのもニコラだ。あいつはニコラだけを差し出せば、おそらく罪に問われない」

「――そんな！　私が証言しても？」

「参考にはされるだろうけどね。でもそれだけだ。裏付けるものがなくちゃ、決め手にはならない。もちろんニコラがダニエルを売れば話は別だけどね」

「それは……」

ニコラがダニエルを売ることはないかもしれない。彼は頼まれたら殺人までしてしまうほどダニエルに追い詰められている。裏切ることなんて考えもつかないだろう。

「ルイズ、わかったでしょう？　今のうちにこいつは殺しとかないとダメなんだ」

「ちょ――」

「アラン！　何をしているんだ！」

声のした方向を見れば、レオンがいた。おそらく騒ぎを聞きつけた誰かに呼ばれたのだろう。もうこれでいよいよ殺したときの言い訳はできない。

(何か、証拠があればいいのよね！)

ルイズはアランの腕に縋りながら必死であたりを見回すが、そう簡単に証拠になりそうなものが出てくるはずもない。

しかしそのとき、ルイズの頭にとある記憶がフラッシュバックしてきた。

「そうだ！　胸元のポケット！」

「胸元のポケット？」

「胸元のポケットに入っている毒！　それってエレーヌ様の紅茶に入っているのと同じものらしいの！」

「エレーヌの紅茶に!?」

反応したのは、後方で状況に困惑していたレオンだった。彼は眉間にシワを寄せ「そうか、持ち込みはバスティーヌ商会に任せていたか……」と苦々しい顔で呟く。

レオンが合図を送ると、ダニエルの周りを囲っていた兵士が一斉に彼を押さえつけ服の中に手を伸ばした。

「ピンク色の液体がありました！」

そう言って小瓶が掲げられたのはそれから数秒後のことだった。

ルイズは必死に声を張る。

「中絶薬にも使われるような毒で、たくさん摂取したら死んじゃうって話です！　紅茶に入っている毒と同じものかどうか調べて、同じものだったら、ダニエルのこと捕まえられませんか!?」

一瞬の間。それからアランの身体から力が抜け、レオンが近づいてきた。そしてルイズの頭をポンポンと優しく撫でる。

「ルイズ、ありがとう。これは動かしようのない証拠だよ」

「本当ですか!?」

「あぁ、エレーヌにも手を出していたんだ。叔父にはこれ以上ないきちんとした罰を受けてもらわなくては……」

表情はいつも通りの笑顔だったけれど、その声色には隠しようのない怒りがあった。

レオンの合図でダニエルは兵士たちに捕らえられた。

「アベル！　アベル！　お前があのときに死んでおけば！」

そんな怨嗟《えんさ》を吐いて、ダニエルは連れていかれた。

その場に残されたのはアランとルイズの二人のみ。

アランの手からはもう剣はなくなっており、彼は疲れたように地面の一点を見つめたまま、長い息を吐いた。

「アラン？」

「ごめん。不甲斐なかったり情けなかったり、いろいろ言いたいことがあるんだけどさ」

アランはルイズに向き合うと、彼女の身体を抱きしめた。

「君が生きていてくれて良かった」

「私もアランが迎えに来てくれて嬉しかった」

そうして、どちらからともなく唇が重なった。

エピローグ

それから数日後、レオンの誕生祭は無事予定通り行われた。

多くの貴族の前でアランの存在は公にされ、それと同時にルイズとの婚約も発表された。

先日のダニエルのことも含め、あまりにもたくさんの発表に戸惑っている者も多かったが
大半の貴族たちはこの発表を喜んでくれた。

そして、問題だったダンスも——

軽快な音楽と大きく広がったドレスにわっと歓声が上がる。

大きなホールの真ん中で踊っているのは二組の男女だった。

「もう、アランが相手になったのなら、教えておいてくれればよかったのに！」

「だって、言ったらルイズ、驚いてくれないかなぁって思って」

「だから、驚きたくなかったって言いたいの！　こんな大切な場なのに！」

ルイズはアランに身を任せながら、彼にしか聞こえないような小声とともに唇を尖らせた。

一方のアランは終始ご満悦の様子で、ルイズの腰を支え、甘く微笑んでいる。

「ルイズがレオンと踊ると思ったら、本当に腹が立ってきちゃって、そのことをそのまま言ったら、レオンに『じゃあ、お前が踊ればいいじゃないか』って任されたんだよね。『お前が踊れるなら、問題ないよ』って」

「それっていつの話？」

「ルイズがダンスの練習を僕に頼んできた直後」

「なんでその段階で教えてくれなかったのよ！」

「本当は予行練習で明かそうと思ってたんだけどさ。ほら、延期になったから」

そう言って彼は朗らかに笑う。

予行練習の朝、彼は『遅れていけばいい』なんて悠長なことを言っていたが、なるほど自分が相手だったからそういう発言だったのかとルイズは一人納得した。

「それにしても、エレーヌ様、やっぱり素敵ね」

「そうだね」

ルイズは視界の端に映る白百合の精を見ながらほぉっと息をつく。

エレーヌは楽しそうにレオンと踊っていた。その足取りは少し前の彼女よりもしっかりしているように見える。

エレーヌのダンスはルイズのそれよりも洗練されており、会場の人々の視線は彼女に集まっていた。

その中には少し前までエレーヌのことを馬鹿にしていただろう使用人の姿もある。これならば、彼女が仕込んでくれたダンスをルイズがうまく踊ろうと踊るまいと、彼女のことを見直す人間もいそうである。

「そういえば、レオンが『ルイズに何でも欲しいもの考えておいてほしい』って」

「なんで?」

「今回の褒章じゃない? あの紅茶を飲まなくなって、エレーヌ様、体調良くなったみたいだからさ」

「そんな、私は何もしてないのに……」

「それでも感謝してるんだと思うよ、レオン、ずっとあの人に首ったけみたいだから。結局のところ、僕をこっちに戻そうとしたきっかけも、エレーヌ様だったみたいだったし。それに、医者の話だと、順調に回復すればもしかしたら子供もできるようになるかもって」

「本当!?」

その話を聞いてルイズは思わず涙が出そうになった。結局のところ、子供ができないことに一番傷ついていたのは、エレーヌだと思うからだ。

それは、子供ができたら認めてもらえるとかそういう意味ではなくて、きっと彼女はレオンとの子供を欲しがっていた。

（全部私の想像だけれどね……）

「ルイズって本当に優しいよね」

涙ぐんだルイズを見て、アランがそう言う。

曲はもう佳境に入り、ルイズはアランに身体を寄せた。

「優しい、かしら？」

「うん。あと、涙もろいよね。僕好み」

「もう！」

頬が触れ合ってしまうのではないかという距離でそんな冗談を言われ、ルイズは唇を尖らせる。

「でも、こうなったら僕らよりも先にあの二人に子供ができるかもね？」

「そうね」

結局、ルイズのお腹に子供はできていなかった。体調不良も生理が来ていなかったのも、急激な環境の変化に身体がついていっていなかったのだろうという話で、それを医者から聞いた翌日にはなんとあっけなく生理が来てしまったのだ。

「でも、少し安心してもいるんだよね、実は」

「え？」

「ルイズに子供ができてなくて。ちゃんと可愛がってあげられるか不安だったからさ」

アランの弱気な発言にルイズは目を剝《む》く。

「もちろん、ルイズとの子供だから絶対に可愛いとは思うんだけどね。でも、僕には五歳以降の親の記憶はないから。どうやって子供を愛したらいいのか、わからなくなったらどうしようって」

アランはそう言ったあと「義父さんには本当に良くしてもらったんだけどね。やっぱり最後まで親って感じではなかったから」と苦笑いを浮かべた。

確かに、ルイズたちのようにアランがドミニクに甘えているところは見たことがない。彼はいつも一歩引いたところで、ドミニクに甘えるルイズたちを見ていた。

「いじめたり、虐待するようなことはないと思うんだ。だけど、いざってときに子供をどう扱っていいのかわからなくなってしまいそうだなって」

「それは、私も一緒かも……」

「え？」

「だって、私まだ親になったことないんですもの」

その言葉にアランは驚いたように目を丸くする。

「私は確かにお父様に愛情をかけてもらっていたけれど、それでも初めてのことだからきちんと子供に愛情を向けられるかどうかわからないわ。幼子の面倒を見たことはないし、子供と直接触れ合ったことも少ない。……だから二人で、助け合っていきましょう」

「ルイズ……」

「私ね、アランとならなんとかなると思うのよ。だってアラン、人を愛するのは別に苦手じゃないでしょう？」

最後の方が小声になってしまったのは、その根拠として挙げられるのが自分だということに恥ずかしくなってしまったからだ。

ルイズの腰を抱くアランの手の力が強くなる。彼はルイズの肩に頭を乗せ、長い長い息をついた。

「……ルイズと出会えて、本当に良かった」

「私も、アランと出会えて良かったわ」

その言葉は自然と口から転がり出た。

同時に今までのことが走馬灯のように頭の中を駆け巡り、胸の中が温かくなる。

初めて義弟ができたときの嬉しさ。

幼い頃に一緒に遊んだ思い出。

嫌われてしまったときの悲しさ。

突然、結婚相手に指名された驚き。

「なんでルイズが泣くの？」

そう苦笑され、ルイズはそこで初めて自分の目元が濡れていることを知った。

「わ、わからないわ。だって、なんだか、嬉しくて……」

「ルイズって涙腺弱いよね」

「だめ？」

「んーん。そんなところも可愛い。大好き」

曲が最後の盛り上がりを見せて、ルイズの身体が自然と反り返る。もう何度もアランと一緒に踊っているところなので、意識しなくても身体が動いた。

最後の一音が会場内に響き渡り、数秒の間のあと、拍手が巻き起こる。

ルイズが身体を起こすと、アランの指先が彼女の目元を優しく拭う。

「ねぇルイズ。やっぱりルイズの涙は、世界で一番綺麗だね」

そう言った彼の目元にも、世界で一番綺麗なものが光っているような気がした。

あとがき

ソーニャ文庫でははじめましてですね。どうも、秋桜《あきざくら》ヒロロです。

このたびは『義弟は私の泣き顔に欲情するヤバい男でした』をお手にとってくださり、ありがとうございます！　皆様どうですかね？　楽しんでいただけましたか？

それともあとがきから読んでいる読者様ですかね？

私としては、なかなかに書くのが楽しかった作品だったので、読者の皆様にも楽しんでいただけたらこれ以上嬉しいことはありません！

さて、本書の内容なのですが、まさにタイトルに書いてある通りです！

ヒーローであるイジワルな義弟が、ヒロインである義姉の涙に興奮する困ったちゃんで、それ故に物語が転がっていくという話です。涙に興奮するヒーローはいつか書きたかったものの一つなので、私としては書けて満足です！

ところで、何事にもルーツがあるように、私がこの作品を書こうと思ったきっかけという物が存在します。皆様まったく興味がないかもしれませんが、今回はあとがきを三ページも書かなくてはならないということで、付き合っていただければうれしいです。

まぁ、思いついたきっかけと言っても、たいしたことはないのですが。

皆様がご存じかはわかりませんが、私乙女ゲームを少々嗜《たしな》んでおりまして。作家として活動している現在はあまりやる時間はないのですが、高校生の頃などはよく寝る間も惜しんで励んでおりました。いやまぁ、こういう職業に就いている方には別段珍しくもない趣味なのでこのあたりはどうでもいいんですが、そうして遊んでいるゲームの一つにですね、ヒロインがヒーローの泣き顔にハチャメチャにときめいちゃうってものがありまして。それをやっているときに思ったんですよ。

あぁ、泣き顔ってかわいいな……って。

そうなってしまったらもう書くしかないじゃないですか。

ということで、こちらの作品ができあがりました。

わー！　ぱちぱちぱち！

ところで、今年の夏は暑かったですね。皆様体調を崩してはおられませんでしょうか？

私の方はというと、この夏はいろんな意味で怒濤でした。

実は、このたび私事ですが五月に引っ越しをしまして！　それがちょうどこの原稿を書いているあたりで、本当に担当編集者様および出版社の方にはご迷惑をおかけしました！　申し訳ありません。いろいろご配慮いただき、ありがとうございます。
そして、氷堂《ひどう》れん先生！　美麗なイラストありがとうございました！　ルイズがはちゃめちゃにかわいいということは言わずもがな。アランが本当に色気があって最高でした！　ぺろっとしているのがいい！　挿絵の方も二人のいろんな表情が見られて、とても素晴らしかったです！

最後になりましたが、担当編集者様、編集部、出版社の方々。
本を流通させるために尽力してくださっている、書店をはじめ本に関わる皆様。
この本を手に取ってくださっている読者様。
いつも本当にありがとうございます。感謝しております。
これからも頑張っていきますので、どうぞお力添えをよろしくお願いいたします。

秋桜ヒロロ

この本を読んでのご意見・ご感想をお待ちしております。

◆ あて先 ◆

〒101-0051
東京都千代田区神田神保町2-4-7 久月神田ビル
㈱イースト・プレス　ソーニャ文庫編集部
秋桜ヒロロ先生／氷堂れん先生

義弟《ぎてい》は私《わたし》の泣《な》き顔《がお》に欲情《よくじょう》するヤバい男《おとこ》でした

2024年10月5日　第1刷発行

著　　者　秋桜《あきざくら》ヒロロ
イラスト　氷堂《ひどう》れん
編集協力　蝦名寛子
装　　丁　imagejack.inc
発 行 人　永田和泉
発 行 所　株式会社イースト・プレス
〒101－0051
東京都千代田区神田神保町2－4－7 久月神田ビル
TEL 03－5213－4700　　FAX 03－5213－4701
印 刷 所　中央精版印刷株式会社

ISBN 978-4-7816-9777-2
定価はカバーに表示してあります。

Sonya ソーニャ文庫の本

俺の婚約者が可愛すぎるっ!!!

妖精の末裔クリスティナは、かつて出会った騎士・アレックスに魅了の「呪い」をかけてしまったらしい。それから五年間クリスティナを想い童貞を貫く彼の呪いを解除するために、かりそめの婚約&同棲をすることに!? ある時、興奮しすぎたアレックスの苦痛を和らげたくて、彼に肌を許すが——!?

『初恋をこじらせた堅物騎士団長は
妖精令嬢に童貞を捧げたい』 百門一新
イラスト 千影透子

Sonya ソーニャ文庫の本

『二百年後に転生したら、昔の恋人にそっくりな魔導士に偏愛されました』

蒼磨奏

イラスト すらだまみ

Sonya ソーニャ文庫の本

追放聖女にヤンデレ皇帝の執愛は重すぎる
tsuihoseijoni yanderekoteino shuaiha omosugiru
あさぎ千夜春
Illustration
天路ゆうつづ
俺をあなたの道具にしてください
かつて濡れ衣を着せられ帝都を追われた皇女リーゼロッテは、精霊の加護を得ていた。帝国の瘴気を払うことを依頼され帝都に戻った彼女は、初恋の相手だった皇帝ルカにキスをされ、結婚を提案される。反発する彼女に対し、ルカは処女かどうかを確かめると言い出して——?
Sonya

『追放聖女にヤンデレ皇帝の執愛は重すぎる』 あさぎ千夜春

イラスト 天路ゆうつづ